れもん

柠檬

〔日〕梶井基次郎 著

柴俊龙 连子心 译

中国出版集团　现代出版社

图书在版编目（CIP）数据

柠檬／（日）梶井基次郎著；柴俊龙，连子心译.—北京：现代出版社，
2019.4

ISBN 978-7-5143-7507-7

Ⅰ.①柠… Ⅱ.①梶… ②柴… ③连… Ⅲ.①中篇小说—小说集—日本—现代
②短篇小说—小说集—日本—现代 Ⅳ.①I313.45

中国版本图书馆CIP数据核字（2018）第275500号

柠 檬

作　　者：[日]梶井基次郎
译　　者：柴俊龙　连子心
责任编辑：曾雪梅　朱文婷
出版发行：现代出版社
通讯地址：北京市安定门外安华里504号
邮政编码：100011
电　　话：010-64267325　64245264（传真）
网　　址：www.1980xd.com
电子邮箱：xiandai@vip.sina.com
印　　刷：三河市中晟雅豪印务有限公司

字　　数：165千字
开　　本：880mm×1230mm　1/32
印　　张：7.75
版　　次：2019年4月第1版
印　　次：2019年5月第2次印刷
书　　号：ISBN 978-7-5143-7507-7
定　　价：49.80元

目 录

柠檬

不可名状的不吉始终压着我的心。该说焦躁呢，还是厌恶呢——就像饮酒过后的宿醉一样，每天喝酒之后那种宿醉般的时刻就会到来。又来了。这可有点儿糟糕。这糟糕不是说最后会导致肺结核或者神经衰弱，也不是因为火烧眉毛的借款。糟糕的是那种不吉的感觉。以前能让我开心起来的音乐和优美的诗，如今都不能让我安静下来。哪怕专程去听唱片，听上两三小节就不由自主想站起来。不知为什么我就是待不住。于是我从一条街向另一条街流浪去。

不知道为什么，我记得那时的我容易被外表美丽的东西深深吸引。比如说美丽却破旧的街道，比起显得生分的外街，我更喜欢能看到那些令人感到亲切的晾着脏脏的衣物的房子的里街。还有那些仿佛诉说着被风雨侵蚀后快要回到土里的有旨趣的街道上，根基崩坏东倒西歪的房屋——只有植物生气蓬勃，有时能看到让人吃惊的向日葵，或者美人蕉。

有时我走在这样的街道上会努力让自己产生一种错觉——这不

是在京都，而是在相隔几百里之外的仙台或长崎——我现在来到了这里。如果可以，我想逃离京都，到一个没有人知道的地方。最重要的是静。空荡荡的旅馆的一个房间，洁净的被褥，芬芳的蚊帐和浆得平展的浴衣。想在那里待一个月左右，什么都不想。不知不觉间我好像真的身处这样的地方——错觉终于成真，我继续用想象的画笔为之添彩。虽然这么说，也不过是将我的错觉和破旧的街道重合在一起而已，然后享受着将现实中的我迷失其中的乐趣。

我还很喜欢烟花这种东西。烟花本身倒是其次，我喜欢的是那种用廉价的画笔所描绘出的赤紫黄蓝、各种各样的烟花条形形状、中山寺的满天星、天女散花和枯芒草。还有一种叫作鼠花的烟花，我把它们分别卷起来放在箱子里。这些东西奇妙地吸引我的注意。

我还喜欢一种刻有鲷鱼和花的纹样的玻璃球，也喜欢南京玉①。尤其是用舌头舔，对我来说是一种无法言说的快乐。这世界上还有和玻璃球一样清幽薄凉的东西吗？我小时候经常把它放在嘴里而遭到父母训斥，大概是由于童年甘美的记忆又唤醒了长大后失魂落魄的自己，那种清幽酣畅的可媲美诗情画意的味觉又在嘴里发散开来。

众所周知，我身无分文。但即便如此，为了安慰看到钱时心动的自己，我还是需要一点奢侈的东西。两三钱的东西——一定要是奢侈的东西。美的事物——一定要能触动我无精打采的神经。这样的东西自然能抚慰我的心灵。

---

①一种玻璃制成的扁球，玩具的一种。

在生活还没被吞噬的过往，我喜欢的地方，诸如丸善①。有红黄色的古龙水和生发剂。华丽时髦的玻璃工艺制品和典雅的洛可可式浮雕花纹的琥珀色或翡翠色香水瓶。烟管、小刀、肥皂、香烟。我曾花了将近一个小时，就为了看这些小玩意儿。最后买了一支上等的铅笔，这对我来说已经很奢侈了。然而，这里对于当时的我来说，只是一个沉重的地方。书籍、学生、收银台在我眼里就像一群前来要债的亡灵。

一天早上——那时我还过着流浪的寄宿生活，从甲朋友家到乙朋友家——朋友到学校去了，只剩下我一个人面对空虚的空气。于是我不得不离开那里，在街上徘徊，有什么东西一直追着我。我徘徊在大街小巷，走过刚才提到的后街，在点心店前驻足，又张望干货店的虾干、鳕鱼干和豆腐皮，最后走到二条的寺町，在那里的水果店停下来。在此我要简单介绍一下这家果蔬店，它是我见过的最好的一家店。虽然是一家毫不起眼的小店，却让我感受到露骨的果蔬店最本质的美。水果在一张坡案上排列着，说是案子，其实不过是一块用久了的涂了黑漆的木板而已。色彩鲜艳的水果好像马上就要掉下来似的，仿佛一首华美轻快的音乐曲调突然被希腊神话中的蛇发女点成化石，凝固在案子上。越往里走，蔬菜被堆得越高。实际上那儿的萝卜叶美得令人心醉，泡在水里的大豆和慈菇也无可挑剔。

那家店最美的时候是夜晚。寺町大道常常热闹非凡——感觉上却比东京和大阪更加干净——商店里的光透过橱窗投射到道路上。

---

①位于京都四条河町经营书籍、文具、杂货等的老字号商社名称，京都分店至今仍居原址。

003

但不知为何，唯有那家店的周围不可思议的一片幽暗。果蔬店位于紧邻幽暗的二条大道的街角，看起来昏暗是理所当然的，但是隔壁的店面是位于寺町大道上的，也是那样昏暗就有些费解了。然而如若它不是那样昏暗，或许我也不会被吸引而来。另外它的屋檐也让我很在意，就像深深戴在头上的帽檐一样——不，比起这样的形容，一片漆黑的屋檐上方更让人疑惑的是它为何像帽檐一样压得那样低。周围那样昏暗，可店面被几盏骤雨似的电灯的光线笼罩着，绚烂夺目，丝毫不受周围的环境影响，只是美丽耀眼地存在着。我站在街道上观望着这家果蔬店，细长的螺旋棒似的裸露的电灯的光线赤裸裸地刺入瞳孔，或透过附近果子店锱屋①二楼的玻璃窗向外眺望时，那能激起取悦我的风景在整个寺町恐怕也是寥寥无几。

那一天，我不同往常地在这家店里买了东西，因为有平时罕见的柠檬。柠檬随处可见，只是这家店虽然不是破败不堪，却也不过是一家普通的蔬果店而已，迄今为止还未见过柠檬。总的来说，我喜欢那颗柠檬。喜欢那宛如从柠檬黄的水彩中挤出来的固态的单纯色彩，还有仿若纺锤状的形状——最后我决定买了一个。后来，我就不记得是如何走到别的地方了，只记得在街上走了很久。从把柠檬握在手里的瞬间开始，那一直以来压在我心里的不祥便渐渐消散开来，我走在街上感到一种极致的幸福感。执拗的忧郁竟被一颗小小的柠檬消解了——或者从似非而是的角度来说，某些奇怪的事物其实正是事实。不管怎么说，人的心真是不可思议的东西啊。

---

①位于京都寺町二条的一家老字号糕点店，二楼是咖啡厅。

那颗柠檬无法形容地凉得刚刚好，当时我的肺病恶化，身体总是发烧。事实上，我给朋友们解释我的身体在发烧时，常常握住他们的手，我的手掌比他们的手掌都热。因此，那颗柠檬的冰凉仿佛从手掌沁入身体内部似的无比舒畅。

我反复把它拿到鼻子边闻它的气味，想象着它的产地加利福利亚。我曾学过的一篇汉文文章《卖柑者言》中的一句"扑口鼻"断断续续地浮现脑海。我试着深深地吸了一口清新的空气，我从未如此深呼吸过，我的身体和脸庞上热血上涌，身体里的精气神仿佛都苏醒了……

实际上那种单纯的冷感、触觉、气味、视觉一直都是我一直以来寻找的，虽然我不愿意将这些说出来，它们与我是那样和谐，就连自己也觉得不可思议——当时就是这样想的。

我在街道上兴奋地走来走去，甚至感受到了一种沾沾自喜的心情，我把自己想象成身着华服、阔步于街道的诗人。我把它放在污浊的手帕上观察，我把它置于披风上欣赏，我打量着它的颜色变化，然后在心里想道：

原来它的重量是这样啊！

我寻寻觅觅的东西竟是这个重量，毋庸置疑这重量是由一切美好的事物的重量换算而来。我自鸣得意的具有幽默精神的内心涌起了这些幼稚的想法——总之那时的我是幸福的。

我不知道自己后来去了哪里，只记得最后伫立于丸善书店的门前。平常我都尽可能地避开丸善书店，可那时我却觉得自己可以轻松地进入。

"今天就进去看看吧！"这样一想便冲了进去。

可是不知为何，我心中充满的幸福感渐渐逃走了。不管是香水瓶还是烟管，都已不能让我怦然心动了。忧郁向我涌来笼罩了心头，我以为是来回走路导致了身体的疲倦。我又走到画册书架前。就连从书架上抽出厚重的画册都比平常更费力！即便如此，我还是一本一本地抽出来阅览，可这样一来更没有仔细阅读的心情了。然而我又抽出了一本，就像被诅咒了一样。即使是同样的结果，不抽出来刷拉拉地翻动一遍，我便无法安下心来。待到忍受不了的时候就随手搁置一边，连放回原位这个动作都无法完成。如此反复数次。最后渐渐难耐磨人的情绪，就连平日里最爱的安格鲁的橙色大画册也随意乱放一气——这诅咒究竟为何物？手上的肌肉还残存着疲惫之感。我陷入了忧郁之中，怔怔地看着那被我抽出后堆放在一起的画册。

那些曾令我无法自拔的画册如今是怎么了？视线一页页地划过后环顾四周，感到自己与周围格格不入的心情曾是我过去十分享受的……

"啊，对了对了。"我突然想起了袖管里的柠檬。将画册的色彩胡乱堆积组合，再加入这颗柠檬。这样会如何呢？"对，就是这样。"

刚才那轻快的兴奋感又回来了。我随意地把画册堆起来，匆忙地打乱后再匆忙地堆起来。加入新的书进去，再抽去一些出来。奇异的幻想城堡时而变红，时而变蓝。

终于砌好了。我控制着微微兴奋的心跳，把柠檬小心翼翼地放在城堡之巅。这才终于完成了。

我端详着，只见柠檬把斑斓的色调悄悄地吸收到纺锤状的身体中，一瞬间变得鲜艳无比。我能感觉到丸善充满扬尘的空气只在柠檬周围变得紧张起来。我久久地望着它。

突然我脑中又闪出了第二个想法。当它出现在我脑海的时候，我自己都被吓了一跳。

那就是，我将它们留在原地，若无其事地走到外面。

思及此，我的内心奇妙地产生了抓心挠肝的感觉。"出去吧？对，出去吧！"然后我便头也不回地匆忙离去了。

奇妙的抓心挠肝的感觉让身处街道上的我扑哧笑出来。我就像一个奇怪的坏人，在丸善书店的书架上设置了一个闪耀着金色光芒的恐怖炸弹，如果十分钟后以丸善书店美术书的一角为中心发生大爆炸的话是多么有趣啊。

我任这想象任意驰骋着。"如此一来，令人窒息的丸善书店就会灰飞烟灭了。"

那之后，我沿着京极商店街一路南去，沿途装饰着千奇百怪的活动照片招牌画。

爱抚

猫耳真是一个有趣的东西。薄薄的，又有点儿凉，外侧长着茸毛，内侧亮得发光；像竹笋皮一样，说不上硬，也说不上软，是一种难以形容的特别的存在。从小一说到猫耳，我就忍不住想用检票器咔嚓地切一下。这真是一种残忍的幻想。

不，这完全是由猫耳有一种不可思议的暗示所造成的。曾有一位严谨的客人造访我家，他一边说话，一边掐着爬上他膝盖的小猫的耳朵，那个场景我永远都忘不了。

这种疑惑变成了我心中一个很深的执念。用检票器咔嚓地切一下——这种好似儿戏的幻想只要不真正地付诸行动，在我们漫长的倦怠中存在的时间甚至远远长于我们外表所反映出来的年龄。特别是那种有辨别能力的成年人，我现在更热衷于幻想用硬纸板像三明治一样夹住猫耳后再咔嚓地一切。但是最近因为一件小事，使得关于此幻想的致命失算暴露了出来。

本来，猫的耳朵和兔子一样，就算耳朵被吊起来也不疼。因为猫耳有奇妙的构造来应对拉拽等行为。那种被拉拽后撕破的痕迹，每只猫的耳朵上都有。在撕破的地方更是长出了巧妙的接片。这不论是对于相信创造论的人还是对于相信进化论的人来说，都不失为一种不可思议而且滑稽的耳朵。并且可以确定的是，在被拉扯的时候猫耳起到了缓冲的作用。因此，对于耳朵被拉扯这件事情，猫是不在乎的。那么要说到按压这种行为，如果只是用手指夹住，不管多么用力都不会很痛。就像刚才的客人那样只是拧一拧的话，猫也只是间或发出叫声。因此，我开始怀疑猫的耳朵是不死之身，甚至可以把自己的耳朵暴露在夹纸板这种危险之下。终于有一天，我和猫玩得正酣的时候，终于咬到了它的耳朵。在我咬到的一瞬间，那个愚蠢的家伙就发出了惨叫。这让我一直以来的幻想在那一刻破灭了。原来对于猫而言，耳朵被咬才是最痛的。惨叫的声音开始还很小，渐渐地越来越大。这种逐渐变强的效果，就像木管乐器发出的声音一样。

　　我长久以来的幻想就这样幻灭了。但幻想是不会到此为止的，我又开始幻想其他的事情。

　　那就是，如果把猫的爪子全部砍掉的话，它会变成什么样子呢？估计它会死掉吧？

　　像往常一样，它尝试爬树——然后失败了。想跳起来抓人类的衣服下摆——然而抓不到。想摸爪子——可是却没有。恐怕它会无数次像这样地去尝试。尝试之后慢慢地意识到现在的自己不同于以前，于是渐渐地失去自信。甚至当自己站到一定高度后就会禁不住的颤抖。因为它已经失去了跳落时保护自己的爪子。摇摇晃晃走路的时候会误以为自己是别的动物，最终变得无法行走。绝望！并且在不间断的噩梦中连吃食物的精神都丧失殆尽——直到死去。

没有爪子的猫！世间真有这么无依无靠、可怜兮兮的东西吗?! 失去想象力的诗人、患早发性痴呆的天才和它是何等的相似！

我经常因为这个幻想陷入悲伤。因为悲伤，这个结局是否妥当对我来说都变得无所谓了。但是，到底没有爪子的猫会变成什么样呢？不管是被摘去了眼睛，还是拔掉了胡子，猫都一定可以活下去。然而，被隐藏在柔软脚垫中像钩一样弯曲、像匕首一样锋利的爪子正是动物的活力所在，是智慧，是精神，是一切的所在。我向来对此深信不疑。

有一天，我做了一个奇怪的梦。

一个名叫 X 的女人平常在房间里饲养了一只可爱的猫。我只要一去，她就把猫从怀里放下来。我常常对此感到不安。我把猫抱起来，它的身上总是散发着淡淡的香味。

梦境中，她在镜子前面化妆。我边看着报纸还是什么，边看向她。"啊！"我吃惊地喊了一声。她竟然！用猫的脚掌往脸上涂抹白粉。我吓了一跳。再定睛一看，那原来是一种化妆工具，只是做成了猫脚的样子。实在太不可思议了，我不禁在她身后发出了疑问。

"那是什么？是用来涂脸的东西吗？"

"这个？"

她微笑着转过身来，把它朝我扔了过来。我拿起来一看，果然是猫的脚。

"到底，这是，怎么回事?!"

在发问的同时，我灵光一闪，忽然意识到那只一直在的猫不见了，并且这个猫脚像极了那只猫的前脚。

"你不是已经知道了吗？这是缪露的前脚哟！"

她的回答显得很平淡。而且听说由于这种工具在国外很流行的缘故，才用缪露尝试着制作了一下。"是你做的吗？"我在内心里惊异于她的残忍，向她问道。她说是大学医学系的小使做的。这个名叫小使的医学生把解剖后的尸首埋进土里制作骷髅，以此来和其他学生进行交易，听完之后对他感到十分厌恶。不要拜托他做这种事，难道不行吗？还有，女人这种生物竟然在这种事情上面打赌！她们的神经大条和残酷性情让我越来越讨厌她们了。只是，关于在国外流行这件事，我好像在妇人杂志或是报纸上看到过这样的报道。

猫爪的化妆工具！我总是抓着猫的前脚拉它过来，笑着给它捋毛。它洗脸的时候，前脚侧面密密麻麻地生长着宛如短毛毛毯一样的绒毛，果然可以当作人们的化妆工具。可是对我来说它有何用呢？我一转身躺在那里，把猫举到脸的上方。抓住它的两只前脚，把柔软的猫脚垫分别盖在我的两只眼皮上面。小猫的轻盈、脚垫的温度，深深地渗透到我那疲惫的眼球之中，仿佛是异世界的一种享受。

小猫啊！我只有这一个请求，请暂时不要走去别的地方。因为那时，你这个家伙马上就会伸出爪子。

在有古城的町[①]

一天午后

"居高望远，咳咳……真是一副奇观啊。"

他一手撑着伞，一手拿着扇子和手帕。头发秃得恰到好处，像塞子一样插在一顶平顶草帽里——这样的一位老人开朗地感慨着，从峻的身边走过。他口中念念有词，眼睛没有看峻，只是眺望着远处，嘴里不停感慨着在石墙边的椅子上坐下。

出了町，是一片约八公里见方的开阔的绿地，一湾深蓝色的海水与天相连，边缘模糊的积雨云静静地盘踞在水平线上方——

"啊，是呀。"峻有些迟疑地回答道。说罢，那声音的余味仿佛还残留在嗓子里，萦绕在耳畔，当时的他完全不是眼前的他。对那位无拘无束的老人的好感都刻在了峻的脸上，他再一次被刚才那静

---

①町是日本的行政区划之一，介于市与村之间。

谧的风景吸引了……那是一个微风习习的下午。

峻的妹妹在最可爱的年纪去世了，他打算冷静地思考一下。出于这稚气未脱的感慨，峻在还没有出五七的时候离开家，到此地的姐姐家里来。

峻发了一会儿呆，他一直以为从某处传来的哭声来自故去的妹妹，后来才意识到那是别人家的孩子。

谁啊？这么热的天，让孩子哭个不停。他想道。

比起妹妹死去的时候和在火葬场的时候，反倒是踏上这片陌生的土地后，"失去"的感觉才更深刻地刻在了他的心里。

有很多虫子会聚集在濒死的种子周围，悲伤和哭泣——正如他在信中写给友人的这句话，妹妹的临终与死后带给他的痛苦体验也终于在他来到此地后揭开薄薄的面纱，完全呈现在他面前。他陷入了那种思绪之中，随着对周围新环境的适应，他的心情也终究恢复了平静。在町住久了，尤其是近来内心无法获得清净之后，他愈发对这份平静变得恭敬起来。就连走路的时候也时刻留意尽量不要让自己过于疲惫，还有尽量不被花草的芒刺刺到，尽量不被门缝夹到手指……这些极其微小的事左右着他每天的幸福感，并且已接近迷信的程度。此外，干旱的夏天里也下过一两场雨，每逢雨停后增添的一丝秋意他都能感知到。

这种内心的宁静和丝丝的秋意使得峻无法再沉浸于房间的书物和胡思乱想中。看到眼前的草、虫、云和风景，他内心那一直以来被静静地抑制着的激情开始燃烧了……他以为，唯有这种激情是有意义的。

　　"我家附近有一处古城的遗址，我觉得峻去那里散步再好不过
了。"姐姐在寄给母亲的信里这样写道。峻到达此地的第二天夜里，
和姐夫、姐姐、外甥女四个人第一次一起登上了城楼。因为干旱的
缘故，田里多了许多虫子，于是人们在田里安装了杀虫灯。杀虫灯
是两三天前安装的，因此他们四人为了眺望远景而专程登上城楼。
站在城楼上放眼望去，田野是一片杀虫灯的海洋，远处的则像繁星
在闪烁。山谷笼罩在朦胧的光辉里，那里的某个地方还流淌着一条
大河。他因这不同寻常的景色而兴奋得热泪盈眶。没有风吹拂的夜
晚，古城里到处都是来此乘凉并顺便观赏的町里的人们，那些涂了
一层厚厚白粉的姑娘们眼里闪烁着雀跃的光芒。

　　这时的天空晴朗得令人悲伤，下面则是町里鳞次栉比的屋瓦。
　　小学的白墙、土造的银行、寺庙的屋顶，绿色的植物从家家
户户的房屋之间冒出头来，如同西洋点心里夹着的美人蕉叶。有一
户人家房后栽种的芭蕉叶低垂下来，还有丝柏卷曲的叶子，还能看
见修剪成塔状树冠的松树。所有的苍青色陈叶中间又长出嫩绿的新
叶，呈现出一团锦簇的绿色来。
　　远处可见红色邮筒，还有用白漆写着"婴儿车"字样的屋檐，
还能透过屋瓦间的缝隙看到晾晒红布的晾晒板……
　　入夜后，街道上华灯初上，许多骑着自行车而来的乡村青年在
街道上声势浩荡地直奔花柳巷而去。店里的年轻人身着浴衣，不同

于白天的举止，调戏着那些浓妆艳抹的姑娘……此时街道也被淹没在屋瓦间，那个插着许多经幡的则是剧场。

夕阳西照，旅馆的一层、二层和三层的西窗都洒满了余晖。不知哪里传来了敲击木头的声音——那声响原本并不高亢，却咚咚地回响在街道上空。

紧接着又响起了蝉鸣。峻听着蝉鸣，莫名其妙地起了兴致，突然觉得蝉鸣仿佛语法中的词尾变化。起初"吱吱吱"，接着便是反反复复地"知了知了，吱吱"，中间转为"吱吱，知了知了"，最后是"吱，知了知了"，"吱，知——了"，"吱——"的一声结束。中途会有另一只蝉"吱吱吱"地开始鸣叫，同时又有一只以"吱，知——了"进入尾声，并"吱——"的一声收尾。三重唱四重唱，五重唱六重唱地声声不息。

其间，峻还在古城遗址的神社的樱花树下近距离地聆听了蝉鸣。他凝视着鸣叫着的蝉，讶异那有着如此纤细的节肢和皂泡一样单薄的羽翼的小昆虫何以发出那么大的声响。他发现蝉的高音是通过腹部与尾部的伸缩发出的。而绒毛密布的节肢像发动机一样精确地活动——他回想当时的情景。从腹部到尾部都鼓胀得极其饱满，伸缩时又仿佛调动起周身每个角落的力量——后来他突然意识到，蝉作为一种生物简直太可惜了。

时而有人像刚才的那位老人一样来此乘凉、观赏景色，然后离去。

峻来这里经常能看到的一个在亭中午睡或看海的人今天又来了，而且正和看孩子的小姑娘亲热地聊着天。

手拿捕蝉竿的孩子们跑来跑去，拎着虫笼的小孩儿时而停下来看一眼笼中的蝉，然后又提着笼子小跑着追上手拿捕蝉竿的孩子。峻一言不发地看着那一切，感受到了仿佛在看戏一般的趣味。

另一边，女孩子们捉住尖头蚱蜢后大喊着"祢宜先生快来看蚱蜢……"，边说边让蚱蜢做出捣米的动作。祢宜先生是当地对神社神主的称呼。峻的脑海里浮现出了温和的长脸前端长着两根触须的尖头蚱蜢，如此说来它的确有神主的神韵，加上被女孩子抓住后腿身子后动弹不得做出捣米的动作①。

女孩子们在草丛中追赶着，几只受到惊吓的尖头蚱蜢两条后腿奋力跳起，羽翅上面承载着阳光。时而烟囱突突地冒着烟，田地从房屋脚下延伸至远处，呈现出一幅伦勃朗式的风景画。苍青的树木、百姓人家、街道，还有隐现在绿色田间的赭石色砖头砌成的烟囱。

轻便火车从海的方向驶来。从海带来的风将轻便火车的烟雾吹向陆地，沿着火车行进的方向飘动。定睛一看，那看起来不是烟雾，而是仿佛烟雾形状固定的玩具火车在行进。

阳光倏地黯淡下来，转眼间风景的颜色也随之发生了变化。

远处可见斜向延伸到海岸的入海口——峻每次登上这古城的城楼都会眺望那入海口，这已经成为他的习惯。

海岸多处都有大片繁茂的树林，林荫之间可见人家的屋顶。入海口处貌似还泛着小舟。

这只是其中的一种风景，并非有什么特别之处足以使他倾心以

① 尖头蚱蜢和捣米在日语中是一个词。据说抓住蚱蜢的两只后腿，它的身体就会像捣米一样上下运动。

吸引他了，但就是这个风景吸引了他。

那里有东西，那里真的有东西。当他说出自己的想法后，就化成了虚无。

或许可以给那种心情命名为"无缘无故的淡淡憧憬"吧。如果有人问"那里什么都没有，不是吗？"的时候，他或许还会赞同，可他内心依然觉得"还是有东西"。

他甚至想，那里居住着与我们不同种族的人类，过着与我们的世界不同的生活。虽说如此，他还是认为存在那样一个带有神话色彩的不着边际的地方。

他还想到，是不是在某幅外国绘画中见到过类似的场景，而只是自己想不起来？他想到了康斯特勃的一幅画，然而最终还是否定了这个想法。

那么，究竟是什么呢？眼前这幅全景图般的景色不局限于任何事物地呈现出一种别致的美丽。不过，他依然认为入海口的风景更胜一筹，只有那里气韵涌动。

在弥漫着秋意的晴天，大海温暖地呈现出比天空略深的蓝色。偶尔白云从天际飘过，大海又会呈现出一片白。今天的天空因之前的积雨云和海水相接的缘故，呈现出了一种柚子里皮的颜色，把入海口的海水也染成了一样的颜色。今天的入海口同往常一样笼罩着神秘的宁静。

峻望着那景色，感觉自己像野兽一样快要从城楼边发出悲号，那种感觉奇妙得令他窒息。

他曾在梦里到过一个奇怪的地方，他记得自己来过这里——那是一种相似的感觉，一股莫名的记忆涌上心头。

"啊，这样的一天这样的时刻。"

"啊，这样的一天这样的时刻。"

不知何时就已准备好的话此时在脑海中闪现。

"哈里根·哈奇的摩托车。"

"哈里根·哈奇的摩托车。"

一个好像刚才那位姑娘的声音在峻的脚下又断断续续地高响了起来，还有丸之内街道上疾驰而过的摩托车的轰鸣声。

这是町里一位医生骑着摩托车回来的时间。隔壁家的姑娘听了那轰鸣声后顾自喊着"哈里根·哈奇的摩托车"。还有小孩子叫着"摩托"。

三层楼的旅馆不知何时已经摘下了遮阳板。

远处阳台上的红色晾晒板也不见了。

町的屋顶升起了袅袅炊烟，远处的山间响起了阵阵蝉鸣。

魔术与烟花

又一天。

峻吃罢晚饭，泡过澡后，登上了城楼。

薄暮的天空中时而可见数公里之外的城市在放烟花，等终于明白过来的时候，烟花已经发出了如同包裹着棉花的闷声。两地相隔甚远，因此火光闪过之后才传来爆炸声。真漂亮啊，他心里想道。

这时，三个少年结伴而来，领头的是一个十七岁的少年。看来他们也是晚饭后来乘凉的。顾及峻，三人小声交谈着。

为了表示自己没在听他们说话，峻特意做出一副认真眺望远处烟花的姿态。

在眼前宽阔的全景图中，烟花像水母一样明亮地绽放后又消散。海上夜幕降临，但海上却依然残留着余晖。

不一会儿，少年们也发现了那景色，他们无法掩饰内心的喜悦。

"四十九。"

"啊，四十九。"

他们一边说着，一边数着两次烟花绽放间隔的时间。峻漫不经心地听着他们的交谈。

"喂，花！"

"Flora。"年龄最大的男孩应声。

峻边想着在古城上的情景，边走回家。快到家时，邻居看到了峻，匆匆向他打招呼"您回来了"后便进了家。

峻说，有个剧团要来表演魔术，大家一起去看吧！峻的话引来了大家兴奋的喧闹。

"啊，谢谢。"姐夫笑了笑说，"你看你姐姐也不明确表态去还是不去。"故意把责任推到了姐姐身上。姐姐笑着拿出衣服。峻去古城的时候，姐姐和信子（姐夫的妹妹）在家里都已上好了妆。

姐姐对姐夫说："老公，扇子呢？"

"在衣兜里吧……"

"这样啊，不过也是脏的……"

看到姐姐慢悠悠地翻着衣兜，在一旁吧嗒吧嗒抽烟的姐夫开口道："扇子什么的有没有都行，你赶快收拾吧。"说罢，发现烟管有些堵塞，于是摆弄了起来。

信子的母亲正在里间帮助信子收拾，此时拿着两三把团扇走过来，说道："你们看看，这个行吗？"那是糖铺赠送的礼品。

峻看到姐姐身上穿的层层衣服，便想到在里屋的信子会是什么心情和什么样的打扮。

终于准备妥当了，峻率先走到玄关穿上木屐。

"胜子（姐姐和姐夫的女儿）还在外边，快把她叫回来。"姐姐的婆婆说道。

穿着长袖衣服的胜子正和隔壁家的孩子们一起玩耍，听到大人叫她没有理，嘴里还嘟囔着字谜游戏。

"'活'要去哪儿？"

"是活动。"

"是活动，是活动啊。"三两个女孩附和着。

"不是哦。"胜子摇了摇头，接着说，"要去的地方是什么幼。"

"幼儿园？"

"胡说，晚上才不去幼儿园呢。"胜子继续纠正道。

姐夫来到门外，对胜子说："赶快回来，不然我们不管你了。"

姐姐和信子也走出门外，二人浓妆艳抹的脸在黄昏中清晰可见，手里还各拿着一把团扇。

"让大家久等了。胜子呢？胜子，你要带扇子吗？"

胜子举起一把小团扇在妈妈面前一晃，便依偎了上去。

"那，妈妈我们去了……"

姐姐说罢，婆婆又对胜子说道："胜子，去了之后可不要吵着回来啊。"

"可不要吵着回来啊。"胜子没有回答，模仿着奶奶说的话牵住了峻的手，然后峻拉着她向外走去。

道路两旁有许多邻居在阴凉处乘凉，逢人便向他们打招呼道："晚上好。"

"胜子，这是什么地方？"峻问胜子。

"松仙阁。"

"朝鲜阁①？"

"不对不对，是松仙阁。"

"朝鲜阁？"

"是松——仙——阁。"

"朝——鲜——阁？"

"不是！"说罢，胜子在峻的手背上啪地拍了一下。

过了一会儿，胜子又说："松仙阁。"

"朝鲜阁。"

峻坚持说成"朝鲜阁"，胜子便不耐烦了。此时的问答已变成了文字游戏，最后当峻说"松仙阁"的时候，胜子却不由自主地说出了"朝鲜阁"。信子听了他们二人的对话笑了起来。这么一来，胜子不开心了。

①朝鲜阁的发音是 tyosenkaku，松仙阁的发音是 shosenkaku，听起来非常相似。

"胜子。"这回姐夫说话了，"说错了人家就会笑嘛。"

胜子撒娇地哼了一声，摆出要打人的架势，可姐夫一副视若无睹的样子。

"'说错了人家就会笑嘛①'是什么意思，你去问问舅舅。"

见胜子吸着鼻子一脸苦相，于是信子过来拉住她的手继续向前走去。

"这个……接下来该怎么说？"

"就是说……不是蕨菜啊。"信子这样安慰胜子。

"这句是谁先说的？"胜子问信子。

"是吉峰叔叔哦。"信子笑着看向胜子。

"还有呢，我这儿还有一个更好玩的。"姐夫故意逗胜子。姐姐和信子都笑了。这么一来，胜子真的哭了起来。

古城的石壁上安装了一只大电灯，照亮了城后的树木，可前边的树木却淹没在一片黑暗当中。被照亮的树上，蝉吱吱吱吱地叫着。

峻独自走在一行人的最后。

自从他来到此地，这是第一次和大家一起出来散步，并且还是和年轻的女孩们。这在他的经历中是极少的，因此他发自内心地感到幸福。

姐姐有些任性，可是从信子与姐姐的交往中却感觉不到勉强——这不是出于圆滑世故的处世态度，而完全是出于一种与生俱来的平和。信子就是这样一位姑娘。

----

①这句话原文是"ちがいますともわらびます"，与"蕨菜不是蕨菜是什么菜"的日语发音"わらびとはちがいます"非常相似。

信天理教的婆婆劝信子也拜，信子便虔诚地膜拜。信子的手指受过伤，因此擅长的古琴现在也不弹了。

信子正在为学校制作植物标本。每每去町里办事就顺便采许多杂草放到包袱皮儿里带回家。因为胜子想要，便分给她一些，剩下的她一个个压平。

胜子曾拿着自己的相簿走到峻的身边，对峻提出的问题大方、稳健、爽快地一一回答。峻认为信子也具有这样的好性格。

信子正拉着胜子的手走在峻的前面，眼前的信子与家中那个身穿肩膀耸立的衣服、走路步伐很快的她截然不同。姐姐和信子并排走着，峻发现姐姐比以前瘦了一些，但是走路的样子好看多了。

"来，峻，你到前边走……"姐姐突然扭过头来对他说。

"为什么？"其实不问他也明白，只不过他故意做出一副无知的表情来，然后自己却先笑了出来。这样一来，他也就没理由跟在后边走了。

"快点！你走在后面让人不舒服。是吧，信？"

信子什么都没说，笑着点了点头。

剧场和想象中一样闷热。

看场的老妇人头上束着银杏发髻，手里拿着一叠坐垫在前面一张张铺好。在剧场的后排，峻坐在左边，姐姐居中，信子坐在右边，姐夫坐在后边。正好赶上幕间休息，一楼挤满了人。

那老妇人拿过来烟草盆，还生好了火，根本不为已经热得汗流浃背的客人着想，站在旁边磨磨蹭蹭地不肯走开。真是让人无语。

她一脸狡猾，眼睛滴溜溜来回转。一会儿看看火盆，一会儿瞅瞅别处，还偷看姐夫的脸。姐夫知道她在偷看自己，可从衣袖里往外掏钱又很麻烦，对她的无礼大为光火。

姐夫干脆安静地坐着，对她不予理睬。

"卖火盆咯！"老妇人吆喝着，悻悻地走开了，但依然搓着手向客人乞讨，眼睛四处张望。待到有人给了她钱方才离开。

演出终于开始了。

一个长相不像日本人的皮肤发黑的男子漫不经心地将道具放在舞台上，时而瞥一眼台下的观众。他动作笨拙，毫无趣味可言。道具摆放完毕，一个名字古怪的印度人穿着一件邋遢的双排扣大衣上场了。嘴里说着谁也听不懂的语言，唾液乱喷，发白的唇角积满了白色唾液。

"他在说什么？"姐姐问峻。这一问，连旁边的客人也看向了峻，他一言不发。

印度人开始走下舞台，寻找配合他表演的观众。最后一名男观众被他抓着手腕拉上了舞台，男子脸上露出了羞怯的笑容。

男子的头发耷拉在额前，身穿刚刚浆洗过的浴衣，大热天却穿着黑色棉袜。他微笑着站在舞台上，先前布置道具的男子拿来一把椅子让他坐下。

那个印度人太过分了。

他把手伸到男子身前，示意要握手，男子犹豫片刻后，还是果断地伸出手去。结果印度人自己却收回了手，转身面向观众，模仿那男子尴尬的丑态，缩起脖子嘲笑他，实在是恶毒。男子看了看印度人，又看向自己的座位，讪讪地笑了，那笑容里看起来很是无奈。莫非是他的孩子和老婆就在台下？真让人受不了，峻心想。

握手的事已经很无礼了，可是那印度人的恶作剧却变本加厉起来。他逗得观众发笑，接着表演起了魔术。

他首先表演了将一根剪断的绳子恢复了原状，接着表演了从一只金属瓶中不断倒出水来——净是些无聊的把戏，其中一个魔术是将玻璃桌上的东西清理干净，只留下一个苹果，他将苹果吃掉，并宣称接下来吐一口火就能将那咬过的苹果还原。苹果被还原后又让男子来尝，结果那男子带着皮就吃掉了，引得观众发笑。

每当印度人的脸上浮现出匪夷所思的笑容时，峻就在心里疑惑，那男子为何没有任何反应。这令峻非常不愉快。

这时峻突然想起刚才看到的烟花。

峻心想，烟花还在燃放吧。

那在微亮的平原上空绽放又消散，宛如水母一样的远处城市里的烟花。海、云、平原构成的全景图是多么美丽啊！峻心想。

"是花朵。"

"Flora。"

那男孩说的的确不是"Flower"。

峻以为，不论是那些孩子还是那全景图展现出来的才是真正优秀的魔术，远胜过任何一位魔术师。

想到这里，峻心中的不愉快逐渐消散了。这是他的习惯，看到不愉快的场面便觉得不近人情——这样反而会变得有趣起来——心情也随之变化。

他觉得刚才因那低级的表演而生气的自己有些滑稽。

舞台上，印度人仍在猛烈地口中喷火，那场面和宣传海报上的图画一模一样。峻从中感受了一种怪异的美感。

表演结束后，落下了帷幕。

"啊——真有趣！"胜子夸张地说道，她那做作的样子逗得大家都笑了起来。

美人飞天。

大力士。

轻歌剧。浅草风。

腰斩美人。

这些节目一一登场，他们很晚才回家。

生病

姐姐病了。脾脏痛，还发高烧。峻怀疑姐姐是不是患了伤寒。姐夫在枕边说道："把医生叫来吧？"

"哎呀，没事的。可能生了蛔虫。"姐姐接下来的话则既不像是说给峻听，也不像是说给姐夫听，她气若游丝地说道，"昨天那么热，可是走着回来的路上一点儿汗都没出。"

前一天下午，峻和胜子两个人在窗子前看到一个人愁眉苦脸地从远处向家里走过来。

峻开玩笑地问胜子："胜子，那个人是谁啊？"

"哎呀，是妈妈，是妈妈。"

"胡说！那是别人家的阿姨。你可看着，她是不会进咱们家的。"

峻想起了姐姐当时的表情。要说奇怪，也是真奇怪。峻以为是猛然在大街上看到平素在家里看惯的家人都会有这种心情，可不管怎么说，姐姐看起来确实无精打采。

医生来过了，也怀疑是伤寒。峻在台阶下看到一脸困顿的姐夫。姐夫的脸上堆着苦笑。

诊断结果确定为肾功能不全。还说到了舌苔如何如何，不能明确判断就是伤寒，医生说罢就神采奕奕地回去了。

姐姐说，自从嫁到姐夫家里来，这是第二次因病卧床了。

"第一次是在北牟娄①……"

"那时候身体很弱啊。附近没有冰，所以我半夜两点起床，骑自行车到十五公里之外敲开店家的门才能买到。不过这倒也没什么。买上之后用包袱皮儿裹好绑在自行车后座上，等回到家一看，冰块被后座磨得只剩下这么小一块了。"

姐夫边说边用手比画。姐夫每隔两小时就给姐姐测一次体温，把数据制成详细的表格。听了这番充满了姐夫心意的话，峻笑了。

"后来呢？"

"后来就得了蛔虫。"

还有一次，峻因为在生活上不注意而染上了肺病。当时姐夫在北牟娄参拜神社，希望神明保佑他早日痊愈。待身体好转些后，峻

①三重县的郡名，即如今的纪北町。

曾去过姐姐位于北牟娄的家。那里地处山沟，是一个贫穷的小村子。村里的百姓以伐木、养蚕等劳作为生。每逢冬季，就会有野猪到附近的田地里来拱块茎。块茎是村民们的主食。当时胜子还小，住在附近的婆婆时常去姐姐家，看着绘本给她讲故事。婆婆称大象为卷鼻儿象，猴子则是山里的年轻人。村里有一个孩子没名字，当听说他是樵夫家的儿子后，村民们一副理所当然的表情。村长十六七岁的女儿熏在小学当老师，学生们对她也是直呼其名。

北牟娄就是那样一个地方。峻对姐夫在那里的故事很感兴趣。

姐夫说，在北牟娄的时候胜子曾经有一次掉进了河里。

当时姐夫因心律失常而卧病在床。姐夫七十多岁的祖母即胜子的曾祖母，带着胜子去河边洗碗。那条河水流湍急，水面狭长，却有相当的深度。姐姐姐夫总是让祖母不要太溺爱孩子，可只要姐姐一出门，祖母就想抱抱胜子。那天姐姐出门不在家。

卧床中的姐夫心里正在想着胜子到哪里去了，不一会儿就听到了不寻常的呼喊。他心下一惊，就像被拉扯着一样挺着病体起身。河就在家附近。姐夫看到祖母，只见她一脸惊慌，说了句"胜子她……"后就再也说不出话来，虽然她拼命地想要表达出来。

"奶奶！胜子她怎么了？"

祖母说不出话来，只有手指激动地比画着。

姐夫看到胜子正在河里顺着河流而下！河水因为刚下过雨的缘故涨了许多。前方有一座石桥，水面已逼近桥的石板。过了桥，河流转了个弯，那里常年有漩涡，河水经过漩涡就会汇入更深的河沼中。若胜子被冲到桥下或漩涡，可能会撞到头部，继续顺流而下就会沉入更深的河沼，到那时就无法得救了。

姐夫纵身跳进河里，向胜子的方向游去。他打算在到达桥之前抓住胜子。

他拖着病重的身体，在马上就要到达石桥之前抓住了胜子。然而水流湍急，纵使他想带着孩子攀到桥上，也无计可施。桥的石板与水面之间的缝隙只能勉强让胜子的头通过，因此姐夫托举着胜子，自己潜入水中，到了下游才终于上了岸。胜子已经瘫软，倒竖着也吐不出水。姐夫拼命呼喊着胜子的名字，不停拍打着她的后背。

胜子霍然苏醒过来。而且一睁开眼，立刻站起身来跳了起来。姐夫不可思议地看着她，仿佛被戏弄了一样。

"刚才怎么回事？"姐夫说着就去拉胜子湿漉漉的衣服，可胜子却回答"不知道"。看来，胜子在滑进河里的刹那憋住了气，因此才没有溺水。

然后居然还和往常一样神色平静地又蹦又跳……

姐夫讲的故事就是这样。他说当时正是村民们的午休时间，他若是没有起来赶去的话，后果真是不堪设想。

到此，说者和听者都不免陷入了沉思。姐夫缄口后，大家都陷入了沉默。

"我回到家的时候，奶奶他们三个人就站在大门口等我。"姐姐说道。

"奶奶觉得不能就那么待在家里，于是就让我们换好衣服等你姐姐回来。"

"奶奶就是从那时候起开始犯糊涂的。"姐姐压低了声音，意味深长地瞥向姐夫。

"那件事发生后，奶奶就变糊涂了，整天对她（说着用手指着姐姐）念叨着'对不起哟，对不起哟。'"

"我跟奶奶说过那是意外，可她还是……"

自那之后，眼见着祖母日渐衰弱，大约过了一年就去世了。

峻觉得祖母的命运太过悲惨。北牟娄并不是祖母的故乡，她只是为了照看胜子才去那里的山中，想到此，峻的感触格外深。

峻之前去北牟娄的时候，还没有发生这件事。那时祖母经常叫错胜子和已经上了女校的信子的名字。当时信子和她的母亲是住在这里的。那时的峻还不认识信子，每当祖母错喊成信子的名字时，他便在脑海中亲切地勾勒出一个十四五岁少女的脸庞。

胜子

峻倚在面向原野的窗户边向外眺望。

灰色的云笼罩着一片天空。那云看起来非常厚实，仿佛一直低垂到了地面。

周围的一切都失去了光亮，寂静无声，唯有远处医院楼顶的避雷针不知何故闪烁着白光。

孩子们在原野上玩耍。定睛望去，只见胜子也在其中。一个男孩看起来在玩什么不得了的游戏。

胜子被那男孩推倒，待要起身时又被推倒，最后干脆用力地压在她的身上。

他究竟在干什么？峻觉得他有些过分，于是目不转睛地观察着。

那游戏结束之后，这次是三个女孩子——像是在检票口一样排队站在男孩面前，玩起了一种奇怪的检票游戏。女孩把手伸过去后，男孩用力一拉，女孩就匍匐到了地面上。下一个女孩也伸出手，同样被拉倒在地，而前边倒下的女孩已经站起身重新站到队伍的后面。

仔细看了一会儿，发现男孩拉扯的力量是变化着的。有趣的是，女孩子反而小心翼翼地期待着那变化。

以为男孩要用力，结果却只是佯作一副用力的姿态，实际拉扯时很轻，这样一来女孩就会突然倒地。接着下一个女孩也被同样的力度拉扯。

男孩年纪虽小，看上去却像个大人——既像一个伐木工，又像一个石匠，玩耍时还用鼻子哼着歌，一副颇为得意的样子。

观察了一会儿，峻发现男孩只有在拉扯胜子时才会格外用力。峻心中不快，他认为胜子被人恶意捉弄了——他这样想的原因之一就是，胜子性格任性，和别的孩子一起玩耍时并不会突然改变。

即便如此，胜子难道不知道自己受到了不公平的待遇吗？不，她应该知道的。毋宁说其实胜子心知肚明，只是在忍着而已。

峻在心里这样想着的时候，胜子再次被狠狠地撂倒。虽然胜子起身之后的表情与其他孩子别无二致，但她确实是在忍耐的话，那么她在被摔倒的瞬间面朝地面时是什么样的表情呢？

胜子是不会哭的。

峻考虑到那男孩可能会在无意中抬头看到自己，因此没有从窗边离开。

深不可测的天空中，有什么东西一闪一闪地飞过。

是鸽子？

云模糊了峻的视线，看不清那鸟儿的身影。只有根据光的反射可以判断大概有三只飞鸟，像鸽子一样漫无目的地飞翔着。

"啊，胜子这个傻孩子，她是不是故意让人用力摔倒的呢。"想到这，峻突然想起了以前抱胜子的时候，她曾多次要求峻抱得再紧一些。如果是这样，那么眼前胜子的行为确实像她能做出的事。峻离开窗边，回到屋里去了。

入夜后，胜子在吃过晚饭后不久便哭了起来。峻在二楼听到了她的哭声，最后还听到了姐姐大声制止的声音，而胜子却旁若无人地哭得更起劲了。母女俩的声音越来越大，于是峻走下一楼，看见信子抱着胜子，胜子的一只手被拉到电灯正下方，姐姐手里的针正靠近胜子的掌心。

"胜子在外边时手上扎了刺。她自己没注意，直到吃饭的时候，酱油沾上蜇得发疼。"姐姐的婆婆对峻解释道。

"把手伸直！"姐姐生气地用力拉胜子的手。每拉扯一次，胜子都会像是被火烫着一般放声大哭。

"找不到，先别管它了。"最后姐姐甩开了胜子的手。

"现在没办法了，先涂上某某药膏包扎一下。"婆婆帮忙打着圆场。信子去取药膏。峻什么都没说，又返回了二楼。

涂了药膏后，胜子依然没有停止哭泣。

"刺一定是在被撂倒的时候扎的。"峻回想起了白天的事。胜子面朝地面猛然摔倒的时候是什么样的表情呢？峻不禁又疑惑起来。

"或许她是在宣泄白天强忍着的委屈吧。"峻想到这儿，觉得胜子那宛如被火烧一般的哭声煞是悲伤。

昼与夜

一天，他在城楼旁石崖的背阴处发现一口极好的井。

那里古时候应该是武士们的居住地，他想。地面上既没有田地，也没有庭院，有一棵老梅树，还种植着南瓜、紫苏等。城楼的石崖脚下种植着粗壮的乔木和古山茶形成了一道绿色的屏障，那口井就位于这绿荫之下。

宽大的井口木框和庄重的垒石造型结实且稳重。

两个年轻女子在那里用大盆洗涤衣物。

从峻所在的位置虽然看不清楚，她们打水的工具似乎是一只吊桶，汲上来的水从那大木桶里溢出来，生动地倒映出绿树的影子。洗衣盆旁的女子在一边等着，汲水的女子将吊桶里的水倒在盆里。水盆里飞溅起的水滴显出了一道彩虹。溅出去的水顺着花岗岩石头汇聚而下，淙淙地在女子的赤足旁流过，映着绿树的影子，把石板冲刷得干干净净。

那情景看起来非常幸福，令人艳羡。清凉的绿树荫，还有清冽甘甜的井水，都深深地吸引着峻。

　　　　今天天空蔚蓝，是个好天气，

　　　　前边的人家还有隔壁的人家，

　　　　都忙着汲水洗涤、悬挂晾晒。

　　他想起了小时候唱过的一首歌的歌词，不过记不清那是国家指定教材里的歌曲，还是小学时唱过的歌了。以前并没觉得这歌词有何情趣，而如今他少年时代在这首歌中幻想的鲜活的景象不禁浮上心头。

　　　　乌鸦嘎嘎叫，

　　　　飞到寺院的檐下，

　　　　飞到神社的林间，

　　　　乌鸦嘎嘎叫。

　　歌曲中有一幅画的影子。

　　那一幅题为"四方"的插画，峻记得画中的孩子迎着朝阳展开双臂。对于那时的记忆都在峻的脑海中一一浮现。

　　"四方"二字由国家指定教材上的手写楷书字书写而成，画作是由某位画家所作，看起来像是无棱角的字体，画中的孩子有着一张优等生的圆脸。

　　插画下方附有"××权所有"的字样，当时在大家面前没有读出究竟是什么权，只是在心中默念过。他记得"××权所有"的写法好像很符合国家指定教材的风格，譬如书信范例的收信人的姓名。峻竟然将这样细微的细节都回忆了起来。

峻想起他少年时代曾认为画中的场景是真实存在的，还有那些单纯的孩子也是存在的。

这一切都是他那时憧憬的对象，一个单纯的、平静的、健康的世界——而如今，这个世界就出现在他面前，并且以更加鲜活的形象猝不及防地存在在这乡村的绿树荫下。

峻意识到，国家指定教材感伤的气质已经预示了他未来的生活。

——峻对眼前风景的喜爱，还有他儿时的记忆与对新生活的憧憬，让他瞬间血脉贲张。那一夜，他辗转反侧，难以入眠。

那之后，他总会为一些小事而在心底感到兴奋。当那兴奋劲儿过去后便会袭来一阵疲惫，哪怕走在路上也要马上躺下休息，甚至看到枫树的树皮纹理也会无法抑制兴奋之情。

枫树的树皮摸上去有凉凉的感觉。主城上，峻站在他经常坐的长椅后。

树根附近落满了松针，那上面清晰可见爬行中的蚂蚁。

峻注视着枫树清凉的树皮，像皮癣一样附着在树皮上的苔藓形状看上去很美。

儿时在草席上玩耍的记忆——尤其是草席的触感，在峻的身体里苏醒过来。

那时也是在枫树下，蚂蚁在散落的松针上爬来爬去。地面凹凸不平，他在上面铺了一张草席。

"孩子可以感觉到清凉的草席下凹凸不平的地面，也能体会到脚底的快乐。草席一铺好，便倏地跳上去，和衣在地面上翻滚，享受自由的快乐。"峻心里这样想着，随即产生了一股冲动，欲将脸颊贴在树皮上感受一下那清凉的感觉。

"啊，又累了。"他感觉手脚有些微微地发烧。

　　我想送你两样东西。

　　一样是果冻。只要有一丁点脚步声，它的表面都会跟着颤动起来；一阵风儿吹过，便会泛起涟漪。它呈现出海水一样的蓝——你看，里边还有鱼在游动。

　　另一样是窗帘。虽然是纺织品，但是上面绘着茂盛的秋天草丛的图案。肉眼虽看不见，却可感觉到那草丛中有一棵树叶被染黄了的银杏树。一阵风来，草叶随之摇摆。还有，你看，尺蠖匍匐在枝间。

　　我将把这两件东西赠予你。不过我还没准备好，你不妨再等一等。百无聊赖的时候，也不妨想一想。收到后你一定会高兴的。

峻有一天把这些话写在了明信片上，他自然不是当成儿戏。那之后无论白昼还是黑夜，他觉得那些时而产生的焦躁情绪多多少少得到了缓解。夜里难以安静入眠时，天空便会有夜鹭啼叫着飞过。听到那声音，他还以为是自己身体的某个部位发出来的声音。此外，还能听到诸如虫子声之类的奇怪的声响。

当他在心中默念"啊，不要再响了"的时候会产生一种莫名其妙的感觉——近来一段时间的每个不眠之夜他都是这样度过的。

熄了灯闭上眼后，他便会产生一种幻觉，仿佛很多事物在他的眼前不停地运动。他以为那是庞然大物，可一转身变成了微尘大小。确实似乎在哪里接触过的熟悉的运动。他想象着自己睡觉时的脚尖，像旋转电机一样不停歇，朦胧之中感到非常遥远，并且脚尖马上卷了起来。看书时，有时会觉得字体渐渐变小，其感觉和上述情形有些类似。感觉来得十分强烈的时候就会伴随着恐怖，无法合眼。

近来，有时他觉得那好像可以作为一种妖术来使用。所谓的妖术是这样的。

他小的时候和弟弟一起睡觉时，会趴在床榻上，用两只手做一堵墙（他是打算建一个牧场的），然后骗弟弟说："芳雄，这里能看到牛哦。"他用两只手围成一个圈，再把脸盖在上边，这样就可以想象在床单上投下的一块黑影中有很多牛和马——他现在都觉得那有可能是真的。

田园、平原、街市、市场、剧场、码头、海，他希望充满了人群、车马、船舶和各种生物的规模宏大的场景出现在黑暗中，而且现在马上就能看到，也能听到喧嚣声。

他当时一时兴起在明信片上书写文字时的心情也缘自这种奇怪的跃跃欲试的感觉。

雨

八月已经过去了。

信子回到了位于明日市的学校宿舍。她手指的伤口已经愈合，因此母亲要她去向天理教神表达感恩，于是信子被附近一位最热心的信者带去了教堂。办完事后她回到家。

"行李牌儿呢？"姐夫一边打包着信子的大行李，一边问道。

"站着干吗呢？"姐夫做出生气的样子奚落她，于是信子笑着就去翻找。

"没找到。"信子说着又返了回来。

峻建议道："用旧布再做一个吧……"

"不用吧，应该还有很多。那个抽屉你找了吗？"姐夫问信子。

信子回答说找过了。

"没准又被胜子藏起来了，再去找找看。"姐夫面带笑容地说道。胜子经常在自己的抽屉里收藏一些没用的东西。

"在找行李牌儿吗？这里有。"母亲说着微笑着把行李牌儿递了过来，好像在说"看到了吗"。

"家里没有您还真不行。"姐夫饱含爱意地说道。

晚上，母亲炒了豆子。

"峻，你尝尝好吃吗？"母亲说罢，将刚出锅的豆子递给峻。

"这是准备给信子带到学校去的土特产，就算带三斤回去也会被她很快吃掉的……"

峻一边吃豆子一边听她的诉说。这时后门传来了响声，是信子回来了。

"借来了吗？"

"嗯，放在后院了。"

"可能要下雨，推到里面吧。"

"嗯，推进去了。"

"吉峰阿姨问我是不是明天回学校时，用了尊敬语……"信子疑惑地说到一半便不再说下去了。

"对你用了尊敬语？"母亲反问道。

吉峰阿姨问她"您什么时候去学校？明天吗？"的时候，信子回答时竟顺着她的话也对自己用了尊敬语。母亲和峻都笑了，信子的脸上泛起了红晕。

信子借来了一台婴儿车①。

"明天搭乘第一班车，用这个拉着行李送她去车站。"奶奶解释了一番。

峻想，真是不容易啊。

"胜子也去吗？"信子问母亲。

母亲回答说："她说要去，今天晚上得早点睡了。"

峻心想，明天一大早起床再运送行李太麻烦了，倒不如今天晚上就买好车票，先将手提行李送去。于是他建议道："我现在就拿到车站去吧。"他这样建议的其中一个原因就是，他原本是个喜欢提前打算的人，他考虑到年轻的信子的心情，认为提前准备为好。可是母亲和信子一致坚持"不必了，不必了"，于是他只好作罢。

信子、她的母亲和侄女三个人在夏天的清晨出发，一人推着婴儿车，一人拉着孩子的手，一起向车站走去。峻在心里想象她们出

---

①旧时的婴儿车不能折叠，单是一个推车上面放着摇篮。

发时的画面，觉得很美。

"她们三人也一定期待着那个场景。"峻的内心仿佛被洗涤过一样清爽。

这天夜里，峻依然睡不着。

零点时分下起了阵雨。峻听着那雨声，不知不觉进入了梦乡。

过了一会儿，远处的脚步声在向他走来。

虫子的声音完全被雨声所取代，一阵喧嚣过后，脚步声又渐渐远去。

峻掀起蚊帐，起身来到门外，拉开一扇窗。

古城的主城上亮着灯。树叶油油，呈现出雨水的光泽，在灯光下折射出无数鳞片一样的光芒。

阵雨再次袭来。峻坐在门槛上，雨水打湿了他的双脚。

不远处的长屋里有一户人家的门敞开着，一个身穿睡衣的女人到水泵边打水。

雨越下越大，引水管咕噜咕噜发出了如同饮水时喉咙震动般的声音。

定睛一看，一只白猫从隔壁房子的檐下踱过。

信子的浴衣还挂在雨中的晾衣杆上，是她常穿的窄袖浴衣，也是峻最眼熟的一件。因此当他看着这件浴衣时，仿佛看到了信子的身姿。

阵雨渐渐远去，远处正淅淅沥沥下着雨。

"唧，唧。"

"唧，唧。"

蟋蟀们的叫声中混杂着一种仿佛质地密实的玉与硬度很高的金属碰撞的声响一般的虫声。

他的额头还在发烧，他在等待下一阵越过古城而来的急雨。

海

　　……似的，从中涌出红、蓝、枯叶的颜色。岸边的温泉和港町看起来就像是雕刻在坠饰上的风景。大海的寂静从山而来。太阳的影子绕了城市后山一圈后徐徐投向了大海。城市和石头恰在休息。阳光的颜色越来越远，将海渲染成了不同的色块。出海的渔船等待着太阳的运动，好让他们从影子地带走向向阳地带，真是有趣。衰弱的橙色阳光突然间把渔夫染红了。就连在岸边观望的我也一下子被染了色。

　　"这儿的景色看上去像极了虚弱的结核病疗养院，我太讨厌了。"
　　"也有人赞叹天海相随着变换色调。一整天来眺望着那天上游来游去的云岂不美哉？而且我记得你说过这样的话。你现在没有享受这种幻想的心情了吗？你说过的。望着仅隔数里的水平线，你说仿佛天空和大海都在摇摆，能引发缥缈的无限之感，只不过那是哥伦布在发现新大陆之前。我们热爱大海，热爱幻想，这些都根植于水平线的另一边。以水平线为界，向下的球面上美丽的大海开始流淌。你说过的。

"能看到夏威夷，也能看到印度洋，还能看到被月光涤荡后的孟加拉湾。如今眼前的海与之相比不过是一副粗糙的素材罢了。要说它的作用，看着地图想象不到它的样子，因此算是一个不可或缺的存在吧……你之前所说的大概意思就是这样……"

"……你是在曲解我的意思吗？对了，你倒是很像我每晚梦中那个大声叫喊着追逐我的惠比寿三郎。你赶快停止这种恶俗的想象吧！

"我心中所想的大海不是你说的那种。不是那种看起来像是染了结核病一样的虚弱景色，也不是傲慢的诗人粉饰过的。这大概是我几年来最认真的一次了。你好好听着！"

我所认为的海，是明媚的、活泼的、充满生机的海。现在和过去都没有被疲惫和忧愁污染，是一片纯粹的明亮的海。不是游客和病人眼中美化过的如同甜腻的红葡萄酒似的海，而是像有些酸涩还发着泡的葡萄酒一样浓烈又粗犷的海。一个波浪打来，弥漫着凌厉的海藻腥味。那扑哧扑哧的空气，野兽一样的气味，贯穿于大气中射向大海的明亮阳光……啊，我现在无法心平气和地说这些，因为它们只有在我烦恼不安、完全没有头绪的瞬间才会显现。那些瞬间仿佛岩石一般的现实突然分崩离析，倏地为我展示横截面。

我现在无法精确地将它们描绘出来。因此我决定给你讲讲那海的由来。那里曾是我的家，虽然我只在那片土地上生活了一段时间。

那里有许多有名的暗礁和海岛。岛上的小学生每天早上都声势浩大地一同乘船到港口的小学，放学后也一起乘船回家。他们风雨无阻。最近的岛上有十八个町。在岛上成长是一番怎样的体验呢？岛上居民的风俗也不尽相同。有个女人不时造访我这里，会带着破旧和服的边角料回去，留下一双草屐，草屐带则是用边角料卷成的。有时她还会赠予我胡颓子和山桃的枝茎。然而比起这些实物，她带给我的更多的是海岛色彩浓烈的气息。我总是有很强的好奇心，可以发现别人恭敬的举止，还会专心倾听她讲的谦虚的话。然而我并没有踏上过那个岛。某一年的夏天，那岛上一时痢疾流行病暴发，我看到附近的岛屿上建起了接收病人的临时营舍。那里总是在焚烧，大火的气味在夜里尤其难闻。没有人在海里游泳了。波浪上漂浮的木枕甚至都有一种恐怖的气息。那个岛上只有一口井。

暗礁也发生过一件事。一年秋天的夜晚下起了暴风雨，一直持续到了清晨，铁工所的汽笛尖锐地划破了清晨呼啸的风雨声。我到现在还记得那时悲壮的心情。家里骚动起来，人们从各个方向而来。海港入口的暗礁上有一艘驱逐舰被击中沉没了。铁工所的人乘着紧急联络船入海，准备了长长的竹竿乘风破浪，向着暴风雨中的求助者飞驶而去。可是到达现场后，小小的联络船硬是被海浪打得前仰后翻，最后好像只是帮了倒忙。海女们在激流中潜入海中将遇难者艰难救起。后来在岸边为被救上来的士兵生起了篝火，海女还用自己的身体给冻僵的士兵取暖。沉船上大部分的水手都遇难了。更残酷的是，听说遇难者的指甲都剥离了。

这是一个在被岩石捉弄、被波浪挟持的灾难中拼命努力的故事。

退潮时眺望山的方向，有时海上还会浮现出撞上暗礁沉没的驱逐舰的残骸。

温泉

第一稿

入夜后，山谷被黑暗彻底地吞噬，黑暗之底哗哗流淌着溪水。我每个晚上造访的浴场就在溪流边上。

浴场由石头和水泥修筑而成，仿佛一个地牢。该浴场属于大众浴场。由石头砌成的高大坚固的石墙是为了防止溪流在暴雨时泛滥成灾，石墙中间凿开一个出口，从那里可以通往溪边，那出口简直和牢门一模一样。白天我泡在温泉池里从"牢门"向外眺望，明亮的阳光下白花花的激流可以跃升到人眼的高度。从石墙岔出来的枫树枝也映入眼帘。从那拱形的风景中，河鸟像子弹一样飞出来。

到了傍晚，来到溪边的人们惊异于周围变暗而折返到门附近的时候，忽然眼前——那牢门里面——电灯明快地亮着，弥漫着腾腾热气的空气中，只见男女的身体熙熙攘攘地浮动着。那时人们会深切地感受到至今为止在自然中已经忘却了的人际交往的快乐。而且这也是这个拱形牢门别出心裁的一点。

我入睡前都会到这里来泡温泉，通常是在人们都睡去的半夜。那个时间段里除了我没有别人。耳边只有哗哗流淌的溪水声，寻常的恐惧让我坐立不安。本来恐惧这种东西是不会因为字面描述而产生实际的体验的。要说根据文字的描述而形成的心情，其实就是一种抵抗在身体中造成的感觉。因此我在夜深人静的时候去浴场，是抱着一种要去获得这种抵抗的能量的想法。这样的想法会给人一种不安定的毫无进展的恐惧感。然而随着每天晚上去浴场这种行为次数的不断增加，我终于感觉到恐怖对我来说已经有了固定的形态。我试着来描述一下。

那个浴场非常宽敞，从中间一分为二。一边是村子里的大众浴场，另一边是面向旅馆住客的。我只要进入其中一边，就会感觉有某种东西进入了另一边的温泉。进入村子的温泉时，就可以听到住客温泉那边有男女在窃窃私语。我知道那声音是怎么来的。浴场的出入水口源源不断地涌出清水。而且我也知道男女这一想象的由来。溪流上游有一家不倒翁茶屋，那里的女人和客人在深夜应该有可能到温泉里来。知道了这些事情，可还是感到奇怪，无法不在意。尽管知道男女的说话声其实是水口中的水流声，还是会不由自主地把它实体化。那实体又奇怪地让我想到像幽灵一类的东西。当终于有声音传来时，我无论如何都想要窥一眼隔壁的温泉。为了那些人真的来了时我脸上没有奇怪的表情，一直做着准备，我走到两边温泉共有的窗户那里，打开玻璃窗望去。然而那里和预想中一样，什么都没有。

然后，我再进入旅馆住客的温泉，同样会对村子的大众温泉颇为在意。这次在意的不是男女的说话声，而是刚才通向溪水的出口。感觉从那里会进来奇怪的家伙。诸君肯定会好奇那奇怪的家伙是什么样子。那是一个奇怪的让人讨厌的家伙——长着一张阴郁的脸，还有树蛙一样的皮肤。那家伙每晚都在固定的时间从溪水跑来泡温泉。呼呼！多少愚蠢的幻想啊！我总感觉那家伙没有巡视四周，的确每晚都带着阴郁的表情从溪水走来，就在我偷瞄隔壁温泉的时候和我四目相对。

　　有一次，一名女客人对我说："我有一次睡不着，于是晚上去泡温泉。总觉得有点儿奇怪，感觉有什么东西从溪水跑到隔壁的温泉里。"

　　我没有问她那是什么东西。我对她的话表示了赞同，并在心里暗自想道：果然自己的想法是真的。有时我从那"牢门"走出去，走到溪水边。只见轰隆的激流牵着白蛇一样的尾巴消失在下游的黑暗之中。对岸是比黑暗更浓烈的茂密树林的黑暗，山里的黑暗默默地直冲云霄。其中只有一棵糙叶树的树干从黑暗中浮出，呈现出微微的白色。

　　这真是完美的铜版画主题。默默无闻的茅屋的黑影、竹筒的黑暗中显现出的银色，仅此而已。是一种无须解释的简单的黑和白的形象。但是这幅景色却被言语难以形容的感情包裹着。铜版画里有人居住。锁上门进入梦乡，在星空之下，在黑暗之中。他们一无所知，对这星空，对这黑暗。家在虚无中保护着他们。看那隐忍痛苦的表情！他正在和虚无对抗。在畏惧与恐怖的重压下，默默保护着人们的思想。

边缘的那户人家是从别的地方搬来的净琉璃表演家族。出更时，拉门上映出人影，能听到嘚噔噔的三味线的弹拨声和不熟练的呜咽的歌声。

接着是一个被称为"角屋①老太婆"的上了年纪的女人经营的不倒翁茶屋。她从待了多年的角屋出来，独自经营了一家点心店。从没见过有客人造访。老太婆总是坐在另外一家名叫瀑布屋的不倒翁茶屋里，坐在暖桌旁说角屋的坏话，然后透过玻璃窗户向街道上的行人暗送秋波。

隔壁是家木材店。个高又友善的老板驼背而且聋。他的驼背是拜他这么多年来刨盆和托盘的刨刻台所赐。可以看晚上他和妻子一起来到温泉时的样子。长脖子歪着，突出背弓成圆形含着胸，好似病人一样。但是坐到刨刻台的时候他是多么结实啊。他就像抓到猎物的老虎一样按住刨刻台。人们甚至会忘了他是聋子，而是无与伦比的好人。到街上来的他——所以一离开器械的他，就像摇把一样。有一点滑稽也是没有办法的。他很少说话，却总是笑眯眯的。恐怕这就是善良的聋人的态度吧。所以生意都由妻子来打理。妻子其貌不扬，但人很踏实，还和善良的婆婆两个人不停地给盆涂上生漆，再搬进柜子里。对此一无所知的温泉客人看到老板的笑容，想要讨价还价的时候，她就会说：

"他有点儿困啦。"

---

①花街。

这一点儿都不可笑！他们二人真的是很好的一对儿。

他们把家里的其中一间作为商人房。盲人按摩师也会住在这里。一个叫宗先生的盲人按摩师是净琉璃那家的常客之一，他会吹尺八。如果听到木材店里传出尺八的声音，那定是宗先生正有空闲。

家的门口有两户人家的房子相向而建。家的前院十分宽敞，就像磨刀石一样美丽。大丽花和玫瑰装饰着绿叶，街道被布置成了舞台。眺望的人可能以为那是乡间少见的大丽花和玫瑰，如果哪家的姑娘探出头来，肯定还会再吓一跳。那姑娘就是格蕾辛[①]，是公认的美人。她在前院向阳的地方一边煮着蚕茧，一边像格蕾辛那样摇动着纺车。原来如此，在这弹丸之地她有时会背着背篓，从山上背下野草来。一到夜里就带着弟弟来到温泉。她丰美的裸体像极了希腊神话中的水瓶，能让曼努埃尔·德·法雅创作出恰空舞曲！

这个家庭因为她的存在看起来总是很幸福。甚至一群鸡，几只白兔，用舌头舔大丽花根部的红色小狗都看起来快乐无比。

但是对面的人家与之相反，总感觉充满了阴森的气息。因为他们家去东京求学的二儿子最近死了，那个青年还在做着报纸投递员的工作。虽说是因感冒而死，但听说是肺结核。家里有那么漂亮的前院，还有高档的带引水筒的蓄水池，为何二儿子会去干报纸投递员那种辛苦的工作呢？这溪间不是有这么开心的生活吗？采伐森林，种植杉树苗，修剪枝条，割掉枯草烧山。到了春天，则是蕨菜和蜂斗菜的茎。到了夏天，香鱼会逆流而上。他们会尽早准备好泳镜和

---

①歌德《浮士德》中的三位永恒的女性之一。

鱼钩，潜入湍急的水流和深潭。待出来时嘴里叼着一条，手上抓着一条，鱼钩上还挂着一条。浸在溪水里变凉的身体在岩石间的温泉里泡一泡就变得温暖。就连马都有"马的温泉"。在田间弄得满身泥泞的动物们洗得干干净净回到街道上。接着还有深秋的挖山药。傍晚他们满是泥泞地从山上回来，背上背着两三贯的山药。用来做拐杖的枝干被扒光了皮，缠上了蝮草，很是辛苦。他们还要早起，走十几二十公里前往山里的山葵泽。砍倒楢树和栎树做成培养香菇的原木。没有人比他们更了解山葵和香菇需要多少水、空气和阳光了。

然而这样的田园诗里面也横亘着生活的铁律。他们不是为了歌颂《洁白的手》①才熟练使用镰刀的。"不能吃！"于是村里的二男和三男他们就只好去别的地方。有人在半岛上其他温泉浴场里当厨师，有人还是货车司机，还有人在城市里当工匠。这片土地上生长着杉树和榉树。但是这家的二儿子却到东京去配送报纸。听说他是一个认真的好青年。既然是去东京求学，那就一定是被讲谈社的招聘广告欺骗了。而且竟然死在了东京！他临死前的幻觉里大概会有自家一尘不染的前院和滴滴凝结而成的像水晶一样美的青苔上的水珠吧，就连引水筒中的水都为他悲伤。

第二稿

要想去温泉，就要从街道沿着几段石阶走到溪边。当然从街

_____
①椎名诚的小说，也有同名电影。

道出发有开往温泉的客车。反方向也有——这么说来比较可笑的是——香鱼也上来了。这样客车的起点就是与溪流下游的 K 川相距半个街区宽的半岛入口温泉地。

温泉浴场从溪边用厚厚的石头和水泥围成了一道高墙。下暴雨的时候这堵高墙能防止溪水泛滥到温泉地。一侧是墙壁，另一侧则是崖壁，上面有一个木质建筑供人们休息和休闲。这是这个村庄的人们共同所有的温泉。

浴池被一分为二。一边是村民的大众浴场，一边是面向温泉旅馆住客的温泉，因此村民的大众浴场面积宽大，能容得下几十人，而住客的温泉相当狭窄，不过却贴了白色的瓷砖。村民要来这里的温泉得从溪边的拱形门上的凿口进入，厚墙的横侧空着，泡在温泉里向外眺望，能看到拱形空间里水位高到眼睛的白色激流，还有溪边岔出的枫树枝，有时还能看到河乌像子弹一样飞出来。

第三稿

要想去温泉，就要从街道沿着几段石阶走到溪边。那里有煞风景的木质建筑，台阶之下就是浴场。

溪边用石头和水泥围成了一道厚厚的高墙围着浴场。为防止暴雨时溪水泛滥，在溪水一侧的石墙上凿开了一个洞，这样让浴场有了一种地牢的感觉。

几年前，这个温泉还只是个有茅屋顶的风吹日晒的温泉，樱花会飘散而来，溪水的风景也能尽收眼底，这样一个古老的温泉是客人们的怀旧之谈。虽然多少有些牢门的感觉，那个拱形的出口还能看到溪边的枫树枝探出头来的风景，激流的白色浪花能高到人眼的高度，有时河乌会像子弹一样飞出来。

石壁和石壁之间支撑的天花板上有一些缝隙，透过那些缝隙，夜晚能看见星星，还会有樱花的花瓣飘散而来，有时悬挂在上面的鸟巢里还会落下美丽的羽毛。

（第一稿　一九三〇年）

（第二稿　一九三一年十二月）

（第三稿　一九三二年一月）

心中的风景

一

乔透过房间的窗户凝视着静谧的街道。没有一扇窗还亮着光，深夜的寂静形成了一圈光晕集中在街灯四周。偶尔传来像是那横冲直撞的金甲虫发出的尖锐的嗡嗡声。

这是一条深邃的街道，连白天都鲜有行人，鱼的内脏和老鼠尸体之类的东西好几天放着不动。路两边的房子腐朽不堪，自然风化的痕迹清晰可见。红色的墙皮脱落了，破损的墙壁也崩塌了，可以想象居于里面的人像旧手帕一样过着无精打采的生活。乔房间的窗户就位于这条街上——若将之比作一张桌子——的主人翁位置。

挂钟的钟摆声从窗户缝隙漏了进来。风在黑暗中拂过远方的树渐至眼前，夹竹桃在深夜中开始摇摆。乔只是凝视着它——黑暗中，房檐闪着白色的光在他的视野中若隐若现，乔感到内心飘忽不定的意念消失不见了。蟋蟀窸窸窣窣地叫着。那里——他以为——

从那里飘来了一股淡淡的植物腐朽的味道。

"你的房间里有一股法国蜗牛的气味。"乔的朋友来到他房间后说道。

另一个人说："不管你住在哪里，房间马上就会变得阴郁起来。"

总是残留着红茶渣的野餐水瓶，到处堆放的书本，随处可见的纸屑，还有与它们挤在一起铺开的被褥。乔白天就如同一只苍鹭似的睡在那里，睁开眼就能听到学校的钟声。那天夜里，他在夜深人静时分来到窗前向外眺望。

他的意念像影子一样穿过浓厚的雾，渐渐清晰起来。

他的视野中不断消散又凝聚的风景，某个瞬间看起来很是熟悉，接着某个瞬间又像是完全未知。终于那个瞬间消失了——乔已经分不清到何处为止是自己的意念，从何处开始是深夜里的街道。黑暗中的夹竹桃就是他的忧郁。电灯投射下了土墙的影子，与黑暗合为一体。他的观念好像在这里呈现出一种立体的形状。

乔想，在这里可以呼唤出内心的风景。

二

乔为何在夜半时分还没睡呢？那是因为他还睡不着。忧郁的思考令他痛苦不堪。他因为一个女人得了一场重病。

很久以前他做了这样一个梦。

他的腿肿胀着，上面有两排像被咬过的齿痕。肿胀越来越严重，伤痕也随之越来越深，范围也越来越大。

有的齿痕像脐橙的"肚脐"。令人作呕的肉翻卷而出，可以窥见其内部。还有一些齿痕细长纵深，就像被虫子啃噬过的旧书。

一阵奇怪的感觉袭来，眼看着腿就发青地越肿越大，却丝毫感觉不到疼痛。肿胀的地方泛红，就像仙人掌开的花。

母亲也在。

"啊啊啊，怎么变成了这样？"

他一副责备母亲的语气："你不是不知道吗？你看看，这不是你用指甲抓的吗？"

他以为是母亲用指甲抠的。但他在这样说的时候，脑中闪过一个想法：或许真的不是。

但他又转念一想，母亲怎么可能不知道呢？梦中的乔责备母亲道："是吧？！妈！"

母亲软弱了下来。过了一会儿，她才缓缓说道："我给你治好。"

两排肿胀的伤痕不知何时就从胸部转移到了腹部。他正在看发生了什么时，只见母亲拽着胸部（不知何时那对乳房已经变得萎缩下垂了）的皮肤将一排和另一排的肿胀的伤痕像扣扣子那样正好扣了起来。梦中的乔一副不满意的表情沉默地看着。

就这样，一对一对的伤痕都扣在了一起。

"这是××博士的法子哦。"母亲说。

他的腿像穿了一件有许多扣子的长外套，可是又令人十分不安，好像稍一动弹就会破裂似的。

为了隐藏自己的不安，他对母亲一派颐指气使的模样。虽是梦中的情景，他的心情却有了波动。

果然买春那件事还是影响了自己的生活啊，就像这样暗暗出现在他的梦中。现实中，他也会和女孩交往。那些女孩有时会做一些让他难为情的事情。每当那时，他的心头就会浮现出那刻薄的娼妇来，乔就会陷入无法忍受的自我厌恶中。仿佛一根楔子打入生活引起扭曲，他每碰到那楔子就会意识到内心肮脏的自己。

然后，又有一根楔子——重病的可能性——打败了他。以前的梦境难道一部分成为了现实？

他渐渐发现自己在街道上会注意医院的宣传板，不假思索地阅读报纸上的广告。还有一件他从未意识到的事。那就是看到美的事物，就会喜悦。突然感到心中一阵不快，追根溯源挡在他面前的还是疾患。乔不禁感到自己好似守候在不好的事物尽头。

有时他将疾患取出来观察，它就像一头悲伤的动物，楚楚地向他诉说。

三

乔常常回想起那个不幸的夜晚。

街道上传来醉酒嫖客的说话声和女人招呼嫖客的声音，他独自坐在面对着那条街的房间里。隔壁热闹的三味线和太鼓声在他孤独的心里鸣响。

"这氛围！"乔想，并竖起耳朵仔细倾听。踢踏踢踏的木屐声，二齿木屐的声响从不间断。——他不禁想，一切声音都是有目的的。雪糕小贩也是，唱歌的声音也是，全部的全部都是。

侍女的木屐声在外面的四条大道上不会发出这么响的声音的。

乔想到几分钟前还走在四条大道上的自己——在那里他自由地思考——同样的自己现在正在这间屋子里。

终于来了，他想。

侍女走了进来，屋子里飘荡着速燃炭的味道。乔感到满意，没有说话，待侍女走了之后，他又想，原来这样方便啊。

女人迟迟不来。乔等得厌倦起来，便想着去这栋房子的天台看看。他对这房子较为熟悉。

正要攀爬腐旧的梯子时，发现面前的小房间拉门敞开着。里面铺着被褥，有人在看他。乔装作没看见的样子边爬梯子边想，来这种地方真需要勇气。

待到了天台一看，这一带都是覆盖着暗色瓦片的屋顶。透过帘子还能看到亮着灯的坐席。餐厅的高层建筑物从意想不到的地方伸出头来。四条大道在那里啊！他想。八坂神社的赤门，还有被电灯的光亮返照着的森林，都能越过屋瓦看到。夜晚的远方一片雾霭。有圆山，还有东山，天川从那里流过。

乔感到一种释放感，于是他决定要经常来这里。

夜鹭啼叫着飞过。黑漆漆的猫在屋脊上走过。乔看到了脚下一盆枯萎的秋草盆景。

女人说她从博多而来，她的京都话里有奇怪的口音。乔夸赞她的衣裳美丽，她便笑了，说自己干这一行不久，上个月却已经卖了数千枝花，位居馆内第四。而且排名会依次张贴榜单，第几名之前会有奖励。她的利落打扮据说是由她的妈妈提醒她装扮的。

"所以我也是拼命干了的。前段时间我染了风寒，难受得很，妈妈让我去休息，我都没去。"

"你吃药了吗？"

"虽然给我开了药，可一副药要五钱……吃了也不管用。"

乔听了她的话，脑海中浮现出了S男给他讲述的一个女人的故事。

据S说，那女人其貌不扬，每当他指名那女人的时候，无论多么醉酒都会觉得羞涩。还说她的睡衣脏得让人语塞。

S最初与那女人是偶遇，当时他甚至感到一些异样。后来，S醉酒厉害的时候，虽然努力克制自己的情感，到了最后却总是指名那女人，内心一旦荒芜起来，只有那女人能够满足他。不过这事只有在喝了酒后才会发生。

乔听了这番话，心想道，若是她自身就有这种病态的嗜好倒也罢了，不过说起来还是这馆内的生存压力驱使她去提供那种特殊服务的吧——他的想法落入了黑暗之中。

S说那女人像个哑巴似的不开口，还说她完全没有想说话的意愿。当时乔就在想，那女人到底有多少位客人？

乔将那女人和眼前的女人在大脑中比较了一番，任凭眼前的女人在他耳边喋喋不休。

"你真温柔。"女人说。

女人的皮肤是炽热的，每次触碰到新的地方都会觉得"好热"。

"我又该走啦。"女人说着，便准备回去，"你也回去吧？"

"嗯。"

乔躺着，看女人面朝向他穿衣服，心下默默确认起来，"这个怎么样？"原来是这样的心情。平时自己老是想女人，这会儿终于来买春了，女人进入了房间之前还觉得挺好，女人脱衣服之前也还不错，再往前一步还是他平时心心念念的女人吗？看啊，这就是女人的本领——他顾自得出了结论。这确实是女人的本领，不过也仅此而已。当这时候女人开始收拾准备离开的时候，才重新展现出了女人的样子。

　　"不知道电车还有没有。"

　　"就是说啊，不知道还有没有。"

　　乔在心中期待着电车已经没有了。楼下的老板娘可能会说："要是不想回去，可以在此留宿哦。不要紧的。"不过乔又转念一想，老板娘更有可能说出"不接客的话就回去吧"这样的话来。

　　"你不一起回去吗？"

　　女人收拾完毕，却还磨蹭着不走。他想着算了吧，便脱下了汗津津的衣服。

　　女人回去后，他立刻叫侍女拿啤酒来。

　　啾啾啾，麻雀在水管旁啁啾。半梦半醒间，乔在脑海中描绘起晨雾中渐亮的雾蒙蒙的世界来。他抬起头，清晨的空气中暗暗的灯光照着女人熟睡的脸。

　　卖花的叫声从窗口传来时他已经醒了。他心想那可真是新鲜的声音。洒落在绿叶和五彩缤纷的花儿中的洋洋洒洒的晨光仿佛近在眼前。

终于家家户户陆续打开了窗户，上学的孩子们的声音从街上传来。女人依然睡得昏沉。

"回去要泡个澡。"女人边伸懒腰边说道。她拿起束发的毛球放在掌心，说了句"我回去了"后便走了。乔又睡了过去。

四

乔从丸太町的桥走到加茂的河床。河床对面的人家在午后的阳光下投下了影子。

那里堆积着防洪河堤施工时使用的小石子。在秋天的阳光下发出一股强烈的味道。荒神桥方向的草地上躺放着一台离心干燥器，旁边还有一把明晃晃的测量用卷尺。

河水在荒神桥下如帘子一样倾泻而下。夏天花草茂盛的河中浅滩散发出光芒，沙沙作响。鹡鸰展翅飞过。

阳光照得人后背发烫，乔找到一个阴凉处，那里有秋的凉爽，乔在那里蹲下身子。

人来，车往。他想。接着又想，在这条街上我太痛苦了。

河对岸的路上有行人和车辆通过。那里是川添的公共市场。堆满了焦油罐的小屋。在空地上盖房子的人们正在劳动。

河面上不时吹来阵阵风。他坐下之前，在地上铺了一张皱报纸。他用小石子压在上面，一阵风吹过，报纸一个翻身就被吹跑了。

两个孩子和一条狗在上游散步。那条狗过来闻了闻报纸，又跑回孩子们身后了。

河这侧的岸上高高的山毛榉枝繁叶茂。乔被高处迎风摇曳的树枝吸引了目光。凝视了一阵，他心里的某个东西停留在了那树枝上，在高空的风中与小小的叶子一起摇曳，和绿色的枝条一起沉坠。

啊……这样的心情，乔想，看那是什么？自己灵魂的一部分或者说全部已经转移到那里去了。

乔这样想着。就像每晚坐在窗边感受到的那种诱惑——疾患的忧愁和生活的苦涩沉淀下来，隔着什么东西眺望远方的不可思议的心情，在这高高的山毛榉的树梢上他也感觉到了。

"在这条街上我太痛苦了。"

北边，加茂的森林里红色的鸟居星星点点。上边，远方的山连绵不绝。纺织工厂的烟囱以比睿山为背景矗立着。红色砖瓦的建筑物，邮筒，荒神桥上通过的自行车，还有遮阳伞、发动机。河床延伸到阴凉的地方，那里能听到商贩扩音器中传出的声音。

五

乔曾在天亮之前在街上漫步。

没有行人的四条大道上偶有醉汉走过，夜雾在柏油马路上升腾起来。路两旁的店家将垃圾扔在路边，大门上着锁。路边到处都是呕吐物，或者散落的垃圾。乔自己醉酒的经历涌上心头，静静地走着。

折到新京极，一扇窗户里传来一个拿着金盆的女人去洗澡途中走路时的木屐声，拿出轮滑的小店员，送乌冬外卖的男人，还有在道路中央互相拉扯木棒的年轻人，一副别样的夜生活。白天里喧闹中埋没的这些人在夜半时分格外显眼。

走过新京极，那条街上是真正的夜晚。白天注意不到的自己的木屐声在这里变得刺耳。这里的静寂让他感觉自己走在那条路上别有用心。

乔腰间挂着一个小小的朝鲜铃铛，在夜色中走着。那是朋友在冈崎公园里举办的博览会的朝鲜馆前买来的。银色的底上是蓝红色的七宝，发出美丽而古老的声音。在人群中听不到它的响声，在深夜的街道上发出的声响好像代表了它的心。

这里也像他从窗边看到的风景，他走着，风景渐渐铺陈在他面前。

他第一次踏上这条街道，却又备感亲切。这不是他走过多次的那条路。他不知自己从什么时候踏上了这条路，乔感到现在的自己就是个永恒的过客。此时朝鲜铃铛的响声让乔内心一颤。有时甚至感觉自己消失了，只有铃声在路上走过。有时它又从腰间喷涌而来，像一条清澈的溪流流到身体内部。它在身体里流动，仿佛洗净了他因生病而肮脏的血液。

"我在渐渐恢复健康！"

叮叮当当，叮叮当当，他的小希望在深夜的空气中清脆地鸣响。

六

夜晚，窗外的风景依旧。对乔来说，每个夜晚都是一样的。

但是那天夜里，乔在黑暗中的大树上面看到了一点苍白的光亮。他以为那是某种虫子。后来每个夜里，乔都能看到那光亮。

接着，他离开床边，躺在了床上，他感觉的昏暗的房间里也有一点苍白的光亮。

"是我的生病的动物。我在黑暗中逐渐消失。但是你没睡，还独自醒着，就像外面的虫子一样……发出苍白色的磷光……"

竹筒与水的故事

　　我出门散步的时候有两条路。一条是沿着溪水的街道，另一条是从街道旁穿过架在小溪上的吊桥而到达的山路。街道的景观不错，但很难专心。与之相比，山路虽然幽暗，却能让人静心。走哪条路则根据当天的心情而定。

　　不过接下来我要说的，则必须选择山路。

　　穿过吊桥，沿着小径进入杉树林。杉树的树枝遮住了太阳，因此小径常年阴冷潮湿。如同穿过哥特式建筑，让人感到一种具有压迫感的静寂和孤独。我的眼睛不由自主地向下方看去。只见路旁生长着各种各样的植物幼苗、苔藓和蕨类植物。我莫名地对小径上矮小的生命感到亲切——它们仿佛在进行潮湿对话的童话世界里，被我这样的人类观察着。此外，小径上植物之间裸露着的红色泥土被雨滴敲打过后看起来如同风化后的岩石。每一个突起的地方都有一个小石子。然而，阳光并不是完全照不到这里。树枝的缝隙间透出的阳光就像蜡烛一样，在小路上、树干上形成了微弱的日照。行走中的我的头和肩的影子在那里一会儿出现，一会儿消失。小径上铺满了颜色极淡的草的叶子。我试着用棍子将它们拨开来，叶子边缘的绒毛清晰可见。

在知道这条小径后不久，我便经常怀抱着某种期待心情紧张地在这寂静当中行走。我的目标是杉树林里经常散发着宛如冰库般冷气的地方。一个古老的引水竹筒从那微暗的地方伸出。仔细聆听，可以听到轻轻的溪流的声音。我期待的就是那水的声音。

我为何会对那声音倾心呢？在一个心静如水的日子里，我的耳朵听了那水声，意识到了其中不可思议的魅惑。虽然是逐渐意识到的，可一听那优美的水声，在这附近的风景中就会感觉到不可思议的谬误。无香少花的芒兰到处生长，导致杉树根全都阴暗潮湿。引水的竹筒也不过是横在那一带的一根腐朽的东西。我的理性虽然相信是从里面传来的声音，但聆听那清澈通透的水声一会儿后，听觉和视觉就开始无法统一，感受到奇怪的谬误的同时，内心充满难以置信的魅惑。

我曾经在看到鸭跖草开出的蓝色花时，有过类似的感觉。它的蓝色和草丛的绿色容易混淆，带着一丝不可思议的魅惑。我爽快地相信了一种错觉——认为鸭跖草的花拥有和蓝天、大海一样的颜色，不可见的水声酝酿出的魅惑与之有相通之处。

小鸟敏捷地在树枝间移动，它们的不安分令我也不安起来。宛如海市蜃楼一样的虚景让我忧伤不已。奥秘层层叠加，在我所在的幽暗的四周响起来，宛如幻听一般。刹那间的光闪耀了我的生命。每当这样的时刻到来，我总是感叹不已。然而，这并不是由于被无限的生命所魅惑的缘故。我必须亲眼见到那深深的绝望。这是多么错误啊！就好像喝醉以后把物体看出重影一样，我必须从同一个现实中看出两个表象。并且，一个被理想之光所照耀，另一个则背负着黑暗的绝望。当我想要看清的时候，它们便合二为一，又回到厌倦的现实中去了。

一段时间不下雨，竹筒就会干。我的耳朵就又会在一些日子变得没感觉。像过了花期，竹筒的奥秘不知不觉就消失了。我也不再造访、停留、驻足。然而每当在山路散步途经那里时，我都不由得会对自己的命运进行下面的思考。

"我的世界充满了无休止的厌倦。生的幻影与绝望共存。"

过去

孩子们和父亲、祖母一起在门外等待母亲熄灭油灯后出门。

这次出发没有一个人来送行。最后的晚餐后留下的餐具和亮到最后一刻的油灯由翌日一早蔬菜店的人来取走，其余所有东西都将留在这间空房里。

油灯灭了。母亲走了出来，身后一片漆黑。五个幼小的孩子、父母还有祖母——热闹又孤寂的一行人上路了。这一走就是十多年。

五个孩子中的一人后来又回到了那个城市。他在那里上学，可是周围的街道他都不认识了。围棋室、台球室、射击馆、咖啡馆、民宿……他无暇仔细展望，径直去了郊区。偶然发现那里离以前住过的街道很近。霜的融化和冰冻的气味他还记得。

一个月、两个月过去了，他每日的生活都得益于日晒和散步，不知何时竟陷入了一种奇怪的不调和之中。远方父母和兄弟姐妹们的面庞带着从未有过的令人恐惧的阴影，他的内心动摇了。因此他害怕电报邮递员的到来。

一天早上，他在阳光温暖的房间里晾晒坐垫，那坐垫关联着他儿时的记忆，因为同样的布料做成的还有他当时的寝具。格纹坐垫蓬松起来，散发着阳光的味道。他睁大双眼，完全不记得当时发生了什么事，是一种什么样的格纹，还有，在路上是什么心情……

终于有一天，他走着来到了曾经住过的街区。不知道那些街道和区域的名字有没有发生变化，他怀着忐忑的心情向路人询问。以前住过的那片街区还在，他走向那里，心情越发沉重。有那么一两家老房子没有变，被夹在众多新建住房中间。突然他的心被震动了。有一家变了，确实是在这条街道上，是他儿时伙伴的家。门牌已经变成了伙伴的名字。一位阿姨似的人物从厨房伸出脑袋来，他连忙躲闪开。找到这一家，这条街道的回忆也苏醒了。他朝前走去。

他伫立在街道上，仿佛看到十三年前的自己在那里奔跑！——那个孩子对周围发生的事一无所知，转过街角就消失不见了。他不禁泪眼婆娑起来，在路上究竟是什么心情！他这样想着，几乎哽咽。

一天晚上，他出门散步。不知怎的误走到了自己不认识的地方。那里没有大路，也没有路灯，四周一片漆黑。他试探着向前走，不时地踩落在坑里。那个时候他很想哭。寒气也穿透了衣服侵入了身体中。

时间好像已经很晚了，好像也不是很晚。他不知道自己什么时候开始迷路的，大脑一片空白，唯一能感知到的就是寒冷。

他打算从袖管里取出火柴盒，手保持抱在胸前的姿势，右手伸进左袖，左手又伸进右袖，找到了火柴盒。他想用手去拿，可是他却不知道该用哪只手，以及怎么拿出来。

黑暗中擦亮的火苗，也照亮了他空虚的大脑，他终于缓了过来。

一根火柴的火焰消失后变成了炭火，即便如此，他第一次明白了一根火柴在黑暗中有多么强大的照射力。炭火也熄灭后，那一点点的光在他脑中留下的印象也还能引导他走一小段路。

突然一阵强烈的响动从田野边传来。

一列华丽的光亮从他眼前经过，犹如波浪一样迅速向在泥土中匍匐着的他的脚下涌来。

火车的烟变成了火，那剧烈的光映在正在干活的火夫身上通体发红。

有硬座车厢，有餐车车厢，有卧铺车厢，原来那是一列充满了光、热和欢声笑语的火车。

他的身体随着火车剧烈的轰鸣声战栗着。起初，那轰鸣声胡乱地震动着他的身体，后来唤起了他某种难以名状的情绪，眼泪夺眶而出。

轰鸣终于远去了，他眼中饱含泪水，在心里暗下决心，就穿着这身衣服去父母家，乘急行列车。

樱花树下

　　樱花树下埋着尸体！

　　这样相信也无妨，为什么这么说呢？因为你不相信樱花能绽放得那样绚烂，不是吗？那份美，我也无法相信，于是这些天惴惴不安。不过现在终于明白了。原来樱花树下埋着尸体。所以这样相信也无妨。

　　为何每晚我在回家的路上，像千里眼一样眼前浮现出这样的情景呢？——从房间的诸多家具中，偏偏挑选出安全剃刀那种小而薄的刀片。你曾说过不明白其中缘由，其实我自己也不甚明了。你我的不解一定是出于同样的理由。

　　无论是哪种树上开的花，一旦要达到所谓的鼎盛的绽放状态，就会向周围的空气播撒一种神秘的气息。就像快速旋转的陀螺完全停止下来，或者精湛的音乐演奏必定伴有某种幻觉，能让人产生炽热的生殖幻想的光环一样的东西。它的美能撼动你的心灵，具有不可思议的活力。

然而，昨天和前天让我的心情极其阴郁的也正是这种感觉。我觉得它的美让人难以置信，因此我反而惴惴不安，忧郁消沉，空虚寂寞。不过我现在终于明白了。

你不妨想象一下，在那绚烂绽放的樱花树下埋着一具具尸体，这样你大概就能理解究竟是什么令我不安了。

无论是马的尸体，猫狗的尸体，还是人类的尸体，都会腐烂生蛆、奇臭难闻，而且还会渗出水晶状的尸水。樱花树的根系犹如贪婪的章鱼那样环绕着尸体，聚集所有像海葵的触手一样的根须吸吮尸水。

花瓣是如何形成的，又是什么形成了花蕊？我仿佛看到了那被根须吸吮的水晶状的尸水静静地排成一列，沿着纤维束梦幻地向上涌动。

——你为什么看起来一副痛苦的表情？这不是一种美妙的透视法吗？我现在终于能够聚精会神地欣赏樱花了。我已经摆脱了昨天和前天那令我不安的神秘感。

两三天前，我走到溪谷下面，从石路走过。飞溅的水花中随处可见像阿佛洛狄忒一样出现的薄羽的蜻蜓，向着溪水的上空旋转飞舞。你也知道，它们正在那里举行美妙的婚礼。走了一会儿，我遇到了一种奇怪的东西。溪水干涸的滩涂上有一个小水洼，那东西就在这水洼里。水面上呈现出一种出人意料的油状的光泽。你猜那是什么？是上万只或者不计其数的薄羽蜻蜓尸体。密密实实的一层浮在水面上，彼此交错的翅膀在阳光下呈现出一种油状的光泽。那里就是蜻蜓们产卵之后的墓地。

我看着眼前这一幕，感觉内心受到了震动，还体会到了一种发现墓地并欣赏尸体的残忍且变态狂式的喜悦。

这溪间没有什么东西能够取悦于我。那些树莺鸟、大山雀和明亮的阳光中呈鲜绿色的树叶嫩芽，在我心中不过是一种朦胧的风景。我需要悲剧。有了这种平衡，我心中的风景才能变得清晰。我的内心像一只恶鬼，渴望着忧郁。我的内心只有在形成忧郁的时候才会感到平和。

——我发现你在擦拭腋下，出冷汗了吗？我跟你一样，所以你不必感到不快。把那黏腻的汗液想成精液试试，那样我们的忧郁就彻底形成了。

啊，樱花树下埋着尸体！

不知道从哪儿得来的幻想，那些完全没有依据的荒唐的尸体仿佛已经与樱花树融为一体，无论我怎样甩头都无法从我的脑海中离去。

我觉得只有这种状态下的我，才和那些在樱花树下畅饮的村民们享有同等的权利，可以畅饮赏花美酒了。

器乐的幻觉

　　某个秋天，来自法国的青年钢琴家用他们国家的传统技巧演奏了诸多题材丰富的乐曲，一直持续到冬天。除了德国的古典曲目，他们还带来了众多迄今为止只听说过却极少能听到的法国作品。我听了数周连续音乐会，共计六次。会场设在酒店大厅，因此听众很少。得益于此，便能够在安静的环境中带着被乐曲环绕的心情欣赏。随着参加次数的增加，我渐渐习惯了会场，还有周围听众的脑袋和侧脸，有一种宛如去教室般的熟悉感。我也开始喜欢那种形式的音乐。

　　那是临近结束前的一场音乐会。那天，我带着平日少有的从容和清醒的头脑自觉地进入了会场，并且第一部的长奏鸣曲一小节不落地全部听了下来。结束的时候，我感觉自己已经完全沉浸在奏鸣曲的全部感情之中。那天夜里上床后，我失眠了，在辗转反侧中我预感到自己今后将不得不承受今天所感受到幸福的数倍的苦痛，然而这对我当时陷入幸福中感受到的深深的感动没有造成任何影响。

中场休息时间，我和相距甚远的朋友互相致以眼神的示意后从人群中走到室外。那时，我和朋友都没有对音乐进行任何批判，只是无言地抽烟，不知不觉间我们两人各自的孤独在那个晚上的那个时间非常相似。沉默着，静下心，我感觉到强烈的感动和一种类似于毫不感动的情绪结伴而来。抽出一支烟叼在嘴里，安静地呼气，一切如同往常，没有任何奇怪的感觉——被灯火映红的夜空也是，天空中偶尔闪过的蓝光也是……然而，不知从哪儿传来了一阵轻轻的口哨声，吹着奏鸣曲中反复出现的一个动机①。我听到后内心涌出一股锐利的厌恶来。

休息时间还未结束，我便回到了座位，怔怔地望着待在空荡荡会场里的女人的脸，心里才终于平静下来。过了一会儿铃声响起，人们陆续回到座位。原来的位置上还坐着原来的人，我开始不明白了。我的大脑好像凝固了，接下来的乐曲演奏时我感到沉闷不堪。后来演奏的乐曲主要是法国近现代的短篇作品。

演奏者白皙的手指拍打着琴弦，时而仿佛撞击岩石的浪花，时而仿佛打斗的家畜，时而仿佛脱离了演奏者的意志，也脱离了演奏出的乐声一般在跳动。当我感受到这一点后，我的耳朵突然从音乐中抽离，触到了会场内凝息聆听的空气。这是常有之事，只不过是初次注意罢了。待曲目临近结束时，这种感觉越来越明显。今夜明显有些不对劲，我想。是我累了吗？不是。我的心紧张过了头。一个曲目结束时大家都鼓掌，而我的习惯则是一动不动。今夜尤其如

①音乐术语，又称"乐汇"，乐段内部可划分的最小组成单位。

此，被迫一般地更加岿然不动。场内一次次的吵闹变为安静，一篇很长的乐章里发生的事情开始映射在我的心中。

读者诸君小时候没做过这样的恶作剧吗？在被喧闹的人群包围时，反复用手指堵住两只耳朵然后放开。这样一来就会产生呜哇呜哇的持续鸣响，同时人们的脸庞看上去毫无表情。没有人发现这件事，也没有注意到陷入其中的我。——正是与此相似的孤独感在突如其来的强烈感动中将我俘获。那是演奏者的右手在高音区细致演奏的时候。人们一齐屏住呼吸为那美妙的音乐而窒息。忽然我从那彻底的窒息中醒来，愕然不止。

"太不可思议了！现在如果那只白皙的手在乐器上上演杀人的戏码，恐怕也不会有人叫出声来。"

我回想起就在刚刚的鼓掌声和喧闹声，宛如一场梦，还清晰地停留在我的耳际和眼中。刚才还那样热烈的人群现在却这般安静——我觉得这真是太不可思议了。而且人们谁都没有对此产生怀疑，而是义无反顾地追随音乐。不可言喻的虚无感充斥在我的心怀，无边无际的孤独浮现在我的周身。音乐会——被音乐会笼罩的大都会——世界……一首短曲结束了。宛如深秋的风声一样的声音持续了一阵后又恢复了原先的寂静，在这寂静中音乐再次响起。所有的一切对我而言已经都失去了意义。人们多次发出兴奋的声音接着又安静下去，宛如一场梦。

音乐会结束后人们向舞台致以最后的掌声，同时拿着外套和帽子从座位上站起来。我感到一种病中的寂寥，在熙熙攘攘的人群中向出口走去。在出口附近有一个穿着西装的粗脖子男人排在我的前面。我马上就认出他是一位因爱好音乐而名声远扬的侯爵。他衣服上的味道击中了我的寂寥，不知为何他那充满威严的身子忽然萎缩起来，差点当场倒下。我不禁感到一阵难以言喻的忧郁，匆匆赶去和在玄关等我的朋友会合。那之后，我没有和往常一样同他一起走去银座，而是一个人走回了家。我预感到的失眠又折磨了我几晚，不说也罢。

奎吉

"终于到了向弟弟借钱这一步了。"奎吉感觉到他自己那盲目的欲望油然高涨。而且一旦想到这种方式，不走到最后后悔的那一步，他是不会甘休的。

对他来说，到了这一步就一定是丑陋的欲望占了上风。他私下里已经预测到了这一点，而且他已经有了放弃抵抗这种意志的倾向。

现在的他太想手里握着钱了，但是周围完全没有正当的手段可以实现这一愿望。

他不被允许从父母那里拿钱。要说奎吉为什么会陷入如此窘境，都是他的性格使然。

——因为他连续两次落榜，所以最近被一直存放学籍的高中赶了出去。

和所有美德都势不两立的欲望一次又一次地摧毁了他不堪一击的意志。他承载了自己的理想和父母的期许，可无奈他的意志实在太薄弱了。他每次都后悔，然后发誓。但是随着次数的增加，他越来越放纵。最终他被推到了边缘。——于是他被学校赶走了。

"你父亲这次是真的生气了。"奎吉被母亲训斥道，"他说在你知道悔改之前就在家里待着，零花钱也不会给你的，你做好这种准备。还有，想想你将来的路该怎么走，家里已经不打算再让你去上学了。"

奎吉连一声"是"都没有说。金钱能让他自由，然而他没钱的日子开始了。

可是他很快就变得想要钱了。他每天自称去散步，其实是想逃离家里令人窒息的氛围。然而身无分文的他走在街上也不过是徒增了忧愁而已。

这样的生活持续到第二十天左右，也就是今天，他心里一直在考虑钱的事情。没有一件东西可以拿去卖，或者拿到当铺当掉。就算有，到最后也大概只能换一枚五十钱的银币。后来当他突然想到弟弟的存款时，已经完全无法抵抗了。

奎吉一面在心中思量"这是非常卑鄙的事"从而否定自己的想法，一面又委身于欲望之中。人们都有过奎吉这样的感受吧？总而言之，奎吉那时经历了奇妙的感觉。但是这种感觉仅止于感觉，他没有做出任何有企图的举动。可我倒认为，那感觉里存在人类想要隐藏自己的卑鄙的意志，然后若无其事地去采取行动。事实上，证据就是——至少这样想的话，我不是打心眼儿里就卑鄙——自己先进行了否定。

总而言之，奎吉打算要做这件非常讨厌的事情时，心想"终于要做了啊"的时候——不知怎的，另一个奎吉出现了。真的奎吉还没有作出解释，他就全部做完了，而且真的奎吉就只在一旁看着——奎吉突然想象出了这样一副场景。

奎吉的弟弟名叫庄之助，是他父亲在外面的小妾所生的孩子。那个女人在庄之助十岁左右就去世了，于是父亲把他带到家里。为了让他早日长大成人，以便能够赡养自己的外祖母，父亲把他当成和奎吉一样的儿子来抚养。

然而不管是父亲还是别人都不是完美的，家里并不如他想象的那般和睦。而且不管是父亲还是别人，都有许多机会能够察觉到自己的小气和不足。到最后不幸的就是庄之助。

庄之助最近从高等小学毕业，到父亲熟人的店里见习了极短的时间。然而由于他多病体弱，自己也不太积极，父亲怜惜他，就又让他穿上蓝底白花的衣服出去玩耍。奎吉突然想到的就是，向庄之助借钱。

庄之助从近来见习的店回来之前，店主递给了他一包钱。这样一来，他的存款就是他祖母的钱，再加上奎吉数次憧憬过的庄之助自己得来的钱。

奎吉原本是非常不乐意从那笔存款中借钱的。而且他知道，至今为止一直饱受奎吉颐指气使的弟弟如果听到他的这种要求，一定会鄙视他。奎吉发愁了。可是这时的奎吉想要钱想到了不择手段的程度。他的欲望不断地膨胀，良心快要窒息了。他犹豫极了。感觉有某种不明正体的东西堵在他心里。然而最终还是欲望占了上风。那一瞬间奎吉就好像旁观着第二个奎吉在做这丑陋的事，然后他仿佛听到了自己的声音叫住了庄之助。

"喂，庄之助，过来一下。"

自己的声音说出了这样一句话。这声音重重地回荡着，让他极度厌恶。

正在专心阅读杂志的庄之助在哥哥的视线下站起身，眼睛却没从那书页上移开。尽管如此，当他和哥哥那焦急的眼神碰撞时，做出了讨好的笑容靠近了过来。

奎吉在说要紧事的时候笑容就会消失，脸上一副越来越不高兴的神情，冷漠地说着"把报纸放下"，却在对上弟弟的视线时匆忙躲开了。奎吉感觉自己被囚禁在了一个虚无的地方，但他还是努力佯装一副没有表情的面孔，以防自己的弱点暴露。

"从你的存款里给我拿点钱，突然有急用，妈妈现在还没给我。"

他终于把这些话说完的时候，刚才那奇怪的扭曲的（这样的事情刚才已经发生了）的想象的心情完完全全没了踪影。

庄之助就像舞台上的人物在说旁白时候一样把眼睛往边上一偏，"啊啊"地说着并点了点头。奎吉在那时庄之助的脸上浮现出的微笑背后不幸地看到了他安慰奎吉的温柔的表现。

奎吉感受到了请求被拒绝时候的那种尴尬，战战兢兢地说"借我钱"时总能感受到的那种令人厌恶的表情背叛了奎吉的努力。他怀疑——是不是在这里也表现出来了？并且庄之助从我的脸上设身处地地理解了我的痛苦之后才做出那么温柔的表情？然而奎吉认为庄之助的表情是骄傲，于是感到非常愤怒。

"你藏着存折和印章吧？那你赶紧去给我拿出来五元，还有这种事情被人知道不太好，到我还你为止谁都不要说。知道了吗？作为回报，还的时候我会还你六元。"

奎吉暴露出了最后的丑陋，但是他无论如何都没能控制住嘴。

庄之助边听边点头，在最后努力地说着貌似难以启齿的话："我没打算让你还我多余的钱，但如果你要还的话……"

奎吉被弟弟这番真实得不能再真实的话打败了。自己竟寒碜地说出了利息的事，他感到无比羞愧。虽说要还钱，可如果父亲不给自己的话，是无论如何也还不起的。就算手里有了钱，要想还钱也要闭上双眼麻痹自己。就算察觉了自己不舍得还钱的心理，庄之助这番话也是真实得不能再真实的。

庄之助外出后，令奎吉难堪的场面终于结束了，可是渐渐涌上来的厌恶感却吞噬了他。而且奇怪的是，他居然吐出了舌头。他小声嘟囔着"太好了、太好了"，手舞足蹈起来，且毫不厌倦地重复。最后奎吉说了一声"唔"后突然皱起了脸，越来越用力，越来越用力，仿佛能在脸部肌肉的收缩中感受到快感。

太郎和街

秋天像刚洗完的床单一样爽快。太郎在第一条街把夏天的衣服抵押，在第二条街吃了牛肉。微醺着走到街上，正午的钟声响起了。

后来他又去了第三条街和第四条街汇走了钱。飞机在空中滑翔。街上有新鲜的蔬菜店，有鱼店，有花店。菊花的香气充斥在街道上空。

有和服店，有点心店，有日式和欧式的烟草店，还有罐头店。街道很是漂亮，太郎非常激动。眼睛有视觉的享受，耳朵有听觉的享受，嗅觉灵敏的人可以尽情地吞食随风飘来的香气。

太郎希望自己有一双巨大的眼睛。街景是一幅永远在变的画卷。要说幻想也确实如此，哄孩子们开心的漫画里，有人缠着暖壶下河游泳，有人拿着日之丸图样的扇子跳舞，有的人看到汽车嘀嘀地驶过，就会画个对话框标示出他的话。点心店里的硬糖果和果冻豆像新印象派的画布，洋酒瓶的酒柜像巴格达的节日。

飞机又飞了回来，附近的公园里种满了大树。太郎付了十元进入动物园。如果这里的入场费是十元，那么一定会有绅士淑女们来这里约会玩耍，杂志上也会挤满动物园的诗。看到水族馆的时候，太郎终于发出了热切的叹息。从那里走出后，他进入了一条陌生的街道。绚烂的黄昏来临，天空披上了一层红色的外衣。太郎一边仰头望天，一边走着。待月亮从他的背后升起之后，太郎再向那边走去。不一会儿夜幕降临，整个市里的路灯一下子都被点亮了。太郎看到蛾眉月升起后随即又下落了。星星们陆续显现，向世界打招呼。太郎也想挥舞帽子。

从西洋馆三楼的窗户能看到什么呢？一个年轻的男子在散发着涂料味道的医疗器具店前吹着思绪饱满的口琴曲；一群女孩围成一个圈唱着歌，把手伸向空中；带孩子的少女并排站着；烤鸡肉串店摆出了摊位，长毛狗已经钻到了桌下。

太郎希望自己有一双巨大的脚。他又想到，比地球更有趣的星球一定不存在。他绕着地球走一圈，就像蹴鞠上交织着的青红线那样。地球通过自转，让我们看到了早中晚；绕着太阳航行，就给我们带来了春夏秋冬。随着地球的旋转，有时朝上，有时朝下。但即使地球朝下，人也不会血液上涌，只要踩着大地就总是健康的。从古老的创世之日到劳动争议的今天，一直以来积累的东西都在这里。伟大的精神是将军，我是来自自凝岛的志愿军。一二一，一二一，太郎兴奋地迈出步子。

这里有广告塔，有药店，有中国商店，还有书店。电车和出租车穿梭于喧闹的城市间。太郎忆起了小时候的交通工具。他想到了某种运用了夸张透视法的画派，于是他在心中再现了街道和交通工具。他看见了冬装的新花式，看见了干货店，看见了玩具店，还看见了烟草店。太郎顿时精神昂扬起来，甚至想要施展魔法。

"嘿，嘿！"

"嘿！"

这位是太郎的朋友。太郎身上只有五个一元的硬币了，用一元和朋友的五十元进行了交换，这样他就有了钱，然后他拿这笔钱去吃了金枪鱼寿司。

他走进了一条有茶屋的小巷。巷子里传出了三味线的乐声和年轻女子的喧闹声。有的女人正裸露着香肩在施粉黛，还有的女人摇摆着腰肢走路。出了小巷后进入后街。从挂着"柔道训练"和"整骨院"宣传板的道场走出的男人又去了汽车店。中华料理店里传来了扩音器的声音。等走进了安静的山间小道，周围突然沉寂了下来。

上坡时伫立于路边小便，同时俯视着街景。虫儿窸窸窣窣，街道上降了雾霭。小便完换了一块干净的地方，贪婪地凝望黑夜里的景色。黑色的森林在沉睡，房屋在沉睡，有几扇窗还醒着，远处的窗户旁站着一个女人。路灯杆上长着一只红色的眼睛。太郎感动得一塌糊涂。

后来他走过的街道非常安静，连钢琴的声音都没有。刚才夜幕初降，而此刻已是深夜。莫非是跳跃了一个纬度吗？看来必须要调节钟表的时刻了。太郎的大脑变得有些奇怪。一打开房子的木门，大脑里喜悦的思绪都争先恐后地涌了出来。"好了！"太郎关上木门，继续赶路。秋天来了，秋天有着太郎素未谋面的乐趣。走到住所时，太郎已经累到瘫软的地步。回到房间后他逐一掏出这些思绪让它们演讲，一整晚大概都不够。不知从哪儿传来了摇篮曲的歌声，太郎在那歌声下渐渐睡去。剩下的家伙变装一下，让他做个灿烂的梦吧。

K 的升天——抑或 K 的溺亡

信上说，你好像对于 K 的溺死有诸多疑惑。是被杀还是自杀？如果是自杀的话，是什么原因？难道是得知自己得了不治之症而产生了厌世之感……而我也只在短短一个月里在 N 海岸的疗养地偶然与 K 相识，而你却给素未谋面的我写信。我因你的信得知 K 在那里溺死的事。我深感震惊之余，觉得 K 终于去了月亮的世界。我为什么会有这种怪异的想法，我打算接下来说给你听。我想这可能是解开 K 的死的谜团的一个关键。

那是我到达 N 以后第一个满月的夜晚。我那天晚上因生病的缘故怎么也无法入睡。后来我到底从床上起来走出了旅馆。在那个幸运的满月之夜，我踏着地上松树斑驳的影子前往沙滩。上岸的渔船和卷渔网的轱辘在白沙上留下鲜明的痕迹，除此之外沙滩上没有一个人影。由于干潮的缘故，海浪击碎了月光阵阵地拍打过来。我点着烟，在渔船边上坐下眺望大海。夜已经很深了。

过了一会儿，我把目光转向沙滩，发现除我之外还有一个人，那就是 K。但那时我还不认识他。就在那天晚上，我们互相报上了姓名。

我好几次回头看他的身影，慢慢产生了奇怪的念头。也就是，K 和我之间相隔三四十步的距离，可他没有面朝大海，而是完全背对着我，在沙滩上或前进或后退或驻足，一直这样。我以为他在寻找丢失的东西。因为他的身体前倾，好像凝视着沙子一样。不过却也没有蹲下，或是用脚拨弄沙子去检查。满月的夜里十分明亮，因此他也没有要点火照明的意思。

看海的间隙，我开始注意他。奇怪的念头也越来越多。而且庆幸的是，他一次都没有回头看我，完全背对着我行动，于是我开始目不转睛地观察他。然而一阵不可思议的战栗传遍全身。我感到自己完全被他的某种性质所吸引。我重新面朝大海，吹起了口哨。一开始完全是下意识的，或者说是想到有可能会对他产生影响后就变成了有意识的行为。起初我吹了舒伯特的《在海边》。众所周知，那首曲子是为海涅的诗而谱的曲，也是我喜欢的一首乐曲。而且歌词还是海涅的诗《幻影》①。这是所谓的"双重人格"吗？这也是我喜欢的歌曲。吹着口哨，我的心情终于沉静下来。我想他应该就是丢了东西。若不是这个原因，还能怎么想象他奇怪的动作呢？他不抽烟，所以没有火柴。可是我有。他一定是丢了非常重要的东西吧。我把火柴拿在手上，向他走去。我的口哨对他完全没有影响，他依旧来回进退、驻足，好像也没有注意到我向他靠近脚步声。我

①Der Doppelgänger，取自海涅诗集《还乡集》的第 23 首。Der Doppelgänger 的意思是分身、二重身。

突然醒悟过来，他在踩自己的影子。如果是找东西的话，他应该是面朝大海的方向，让影子留在身后。

月亮稍稍偏离了天空中央，在我行走的沙滩上也投射出了一尺左右长的影子。我猜他一定发生了什么，便向他走了过去。在距他四五米的地方，我大胆地试着大声和他搭话："你丢什么东西了吗？"说着把手上的火柴给他看。

"要找东西的话，我这里有火柴。"接下来我本来打算这样说的，可是我已经察觉到他好像不是丢了东西，那么这些话就成了和他搭话的手段罢了。

说第一句话的时候，他向我转身。我突然想起了野篦坊这种妖怪，于是他转头的瞬间我害怕极了。

月光滑过他高高的鼻梁，我看到了他深邃的瞳孔。那张脸满怀恶意。

"没什么。"

他的声音清澈，说罢嘴边浮现出了微笑。

我和 K 开始交谈，这件奇怪的事就是我要说的那件事的开端。并且从那夜起，我们的关系变得亲密起来。

过了一会儿，我们回到渔船旁坐下。

我问他："说真的，你刚才到底在干什么？"

接着 K 开始向我讲述。只不过一开始的时候，他好像还有一点犹豫。

K 说他在看自己的影子。然后又说，就和鸦片一样。

就像你感觉很奇怪一样，其实我也是。

面朝夜光藻闪烁的大海，K给我讲述了那件匪夷所思之事。

K说，影子是最奇怪的东西。如果你也试着做，一定也会这样想。一动不动盯着影子看，里面慢慢就会出现有生命的东西。那不是别的，而是自己的身体。电灯的光线之类是不行的，月光最好。我不说原因——是因为只有自己经历过才会相信，也许只有我是这样。即使客观上来说那是最好的，但是要说有什么依据，一定是非常深远的东西。为什么人的大脑可以理解那种东西呢？——这是K的说辞。首先K依赖自己的感觉，并把那感觉的由来置于无法解释的神秘之中。

话说回来，凝视月光投射自己的影子时会感觉那其中有生命的存在，那是因为月光是平行光线，投射在沙子上的影子与自己的形状一样，这是众所周知的。影子也是短小的好，我认为一两尺就很好。而且虽然静止时精神统一，然而影子还是稍微摇晃的为好。他走来走去又停下就是这个缘故。试着像杂谷店把小豆放在筛子上筛下皮屑一样摇晃影子。然后静静地凝视它，不一会儿自己的身体就慢慢显现出来了。没错，那已经超越了"感觉"的范围，而进入"可视"的范畴了。

K接着说："刚才你是不是吹了舒伯特的《幻影》？"

"嗯，吹了。"

我回答。他到底还是听到了，我想。

"'影子'和《幻影》。一到月夜我就会被它们两个所吸引。感觉它们好像不属于这个世界——我沉浸在这种感觉当中，就会觉得现实世界和自己无法契合。因此我白天就像个吸食鸦片的人一样萎靡不振。"K 说道。

身体显现出来，不仅如此，随着它的显现，影子开始拥有自己的人格，渐渐地感觉自己在远去，某一瞬间开始向月亮进发，快速地升起。那种感觉难以描述得更为具体，或许可以称之为灵魂吧。追溯着月亮的光线，怀抱着无法言表的情绪升天而去。

K 说到这里的时候，双眼直直盯着我，一副非常紧张的样子。接着好像想起了什么似的，微微一笑缓和了紧张。

"西哈诺①列举过去往月亮的方法，这也是其中一种。但是拉福格②诗中写的'可怜的伊卡洛斯啊，来者必坠!'，我做过几次，每次都会掉下来。"说罢，K 笑了起来。

自从有了这次神奇的初次见面，后来的每天我们互相拜访，一起散步。月亮从满月变为残月，K 也不在那么晚的时间到海边来了。

一天清晨，我站在海边观看日出。那天 K 大概由于早起的缘故，也去看日出了。当看到一艘船刚好划进太阳光线里时，他突然问我："那逆光行进的船不正是一幅剪影吗？"在 K 的心里，船的实体反倒看起来像剪影，这一点可以反证影子看起来像实体这一说法吧。

"你很积极嘛。"听了我的话，K 笑了起来。

K 利用海对面升起的太阳的光线制作了几幅等身大的剪影，还说道："我在高中寄宿时，别的房间里有一个美少年，不知谁把他朝

---

① Savinien de Cyrano de Bergerac(1619-1655)，法国作家、哲学家。其著作《月世界旅行记》和《太阳世界旅行记》被视为科幻小说的先驱作品。

② Jules Laforgue（1860-1887），法国象征主义诗人。

向桌子的姿态描绘了下来，在房间的墙壁上，利用电灯的光线投下的剪影，再在上面涂上墨。那幅剪影栩栩如生，于是我经常去。"

K 就说到这里。虽然没有向他确认，不过我认为那可能只是开始。

我在你的信中读到 K 溺死的时候，最先浮上心头的是，第一天夜晚 K 奇怪的背影。而且我马上有了一种感觉——K 去了月亮。另外，K 的尸体被打捞上沙滩的前一天不正是满月吗？我刚刚打开日历确认过了。

和 K 在一起的一个月里，我没有感觉到其他可以称得上自杀的原因。在那一个月里我恢复了健康，决心回到这里，而与我相反的是，K 的病情却好像在恶化。我记得他的眼睛越来越深，脸颊塌陷，高高的鼻梁明显地突出。

K 说过，影子就像鸦片。如果我的直觉没有错，那么夺走 K 的就是影子。但我并不确信，对我来说直觉只能作为参考。他真正的死因，我也不甚明了。

但是我想以那直觉为基础，试着拼凑一下那个不幸的满月之夜发生的事。

据神宫历记载，那天晚上的月龄是十五点二，月亮在六点三十分出现，十一点四十七分到达正南。我想 K 走进大海应该是在这个时间前后。因为我第一次在满月之夜的沙滩看见 K 的背影也是大概月亮位于正南的时候。再进一步想象，我想应该是月亮开始向西移动的时候。如果是这样，那么 K 的一尺甚至两尺的影子则是在北边稍微偏东的方向，K追赶着影子沿着海岸线斜着步入大海。

　　K的精神和他的病患一样变得敏锐。那天晚上，影子真的变成了"可视"范畴的事物。肩膀出现了，脖子出现了，他感觉有些眩晕。同时，"感觉"的范畴中终于露出了头，而且过了某个瞬间，K的灵魂逆着月亮而上，慢慢地向着月亮的方向升去。K的身体渐渐不受意识的支配，无意识地一步步向海靠近。影子终于有了人格。K的灵魂飞升得越来越高。影子指引着他的躯体，他像机器人一样走向了大海。待到干潮时，高高的海浪将K卷入海中。如果那时他的躯体恢复了知觉，那么他的灵魂就会和他的躯体一同返回。

　　可怜的伊卡洛斯啊，来者必坠！

　　K称其为坠落。如果这次也是坠落的话，会游泳的K应该不会溺死。

　　K的身体倒下，被冲向了大海深处。他的知觉还没有恢复，下一个浪就将他带回了岸边。知觉仍然没有回来。他又被冲到远处，又被拍打在岸边。而且他的灵魂在向着月亮的方向飞升。

　　终于肉体失去了知觉。据记载，那天的干潮时间为十一点五十六分。那时，K的躯体被激浪恣意翻弄着，灵魂向着月亮，飞升而去。

交配

其一

仰望星空，几只蝙蝠在悄无声息地飞行。虽然看不见它们的样子，但从被遮挡着的闪烁星光来看，可以感觉到是令人厌恶的畜类在飞。

人们安睡，万籁俱寂。——我站在我家行将腐朽的晾衣场，从这里可以看见房子后面的横向露天马路。附近是其他房子同样行将腐朽的晾衣场，好像无数停靠在港口的定期货船一样排列紧密。我曾经看过德国画家赫尔曼·马克思·佩希斯坦（Hermann Max Pechstein）的作品《祷告的耶稣》，是一幅在巨大的类似工厂里面的地方跪着祈祷的耶稣的人物画像。我感觉自己现在所在的晾衣场有些客西马尼园①的氛围，只不过我不是耶稣。深夜里来到这里，

---

①位于耶路撒冷的榨橄榄油之地，据说是耶稣基督经常祷告与默想之地。

我生病的身子就会发烧，视野变得清晰。我只是不想成为妄想这头野兽的食饵才逃到这里，身体受到夜里露水的敲打。

家家户户都在熟睡中，有时会传来无力的咳嗽声。基于白天的经验，我能分辨出那是露天马路旁鱼店老板的咳嗽声。他的生意已经很难做。租住在二楼的男人让他去看医生，可他却不听，还辩解说他的咳嗽不是那种咳嗽来掩饰。二楼的男人则去了隔壁。——这里很少有家庭能付得起房租，很难能凑齐请医生的费用，肺病是一场隐忍的战斗。殡仪馆的汽车驶来，就知道有人去世了，然后人们就会想起他生前劳动的身影。实际上这种生活下，任何人都很绝望，只能自己慢慢死去。

鱼店老板还在咳嗽。我觉得他真可怜。转念一想，我咳嗽的声音应该听起来也是这样吧。于是我把它当成自己的声音又听了听。

从刚才起露天马路就有许多白色的东西在来来往往。不能说只是在露天马路，前面的大路到了深夜也是这样。那是猫。我尝试着思考过为什么在这里猫可以嚣张地走在马路上。第一，因为这里几乎没有狗。养狗的家庭一般都较为富裕，一般家庭为了使食物不被老鼠吃掉大多养猫。狗很少，猫很多，因此路上自然是猫走来走去。但是不管怎么说，这里的夜景确实是骄傲的、令人感动不可思议的。猫们悠闲地踱着步，宛如走在大路上的贵妇；还从一个十字路跑到另一个十字路口，像市政府在进行测量工作一样。

隔壁晾衣场的阴暗角落里传来沙沙的响声。是鹦鹉。这里盛行小鸟的时候，甚至还出现了伤人的情况。人们都还在考虑到底是谁最先提出想要小鸟时，堕落的小鸟已经混在麻雀里啄食物了。麻雀已经不再来。隔壁晾衣场的角落里倒是有几只染了煤黑的鹦鹉活了下来。白天谁也不会注意它们，只是一到了晚上就会发出奇怪的声音。

这时我突然被吓了一跳。刚才在露天马路上来回奔跑激烈追逐的两只白猫这会儿竟出现在我的眼皮底下，发出小小的尖叫声扭打在了一起。虽说是扭打，倒不是站着扭打，而是躺着扭打。我目睹过猫的交配，因此知道那并不是。小猫互相之间也会这样嬉戏打闹，不过好像也不是交配。不知为何，它们的动作确实是很香艳的。我一直聚精会神地观察着它们。这时，从远处传来了巡夜警卫的突棒①声。除此之外街道上没有其他声音，万籁俱寂。而再一看眼下的它们果然还是沉默的，而且心无杂念地扭打着。

它们抱在一起，轻轻地互相咬着，用前肢互相推打。看着看着我就被它们的所作所为吸引了。我想起它们互相啮咬的时候那种恶心的咬法和互相推打的前肢，然后又想起它们推人的胸部时可爱的力量。可以用手指滑进去触摸腹部的绒毛——现在被另外一只猫的两个后肢踩着。如此可爱又不可思议的、妖娆的猫的样子我从没见过。过了一会儿，它们紧紧地拥抱着一动也不动。看着它们，我产生了一种呼吸不畅的感觉。这时，露天马路的另一端突然传来了巡夜警卫的木杖声。

巡夜警卫逡巡到住处附近的时候，我就会走进房间里面。我不想被人看到半夜在晾衣场的样子。本来靠向晾衣场的另一侧就可

①江户时代的一种抓捕工具。呈 T 字形，头部为铁质，边缘呈齿状。

以避免被看到，然而那里挡雨窗开着，如果在那里被大声警告，就势必对名誉更为不利。因此警卫一旦来到附近，我就匆匆地走进屋子。不过，今晚我很想看猫到底会怎么做，因此故意尽力把身体伸向晾衣场。巡夜警卫渐渐靠近，猫还和刚才一样互相抱着一动不动。这两只互相缠绕的白猫让我想到放肆的男女的痴态，我可以从中获取无尽的快乐……

巡夜警卫在向我的方向靠近。这位警卫白天经营了一家殡仪店，是一种难以形容的阴沉的男人。随着他越来越近，我对他即将看到这两只猫后表现出的态度产生了兴趣。待他终于走到离我还有不到四米的时候，好像发现了我，停下了脚步，仿佛在远望。他这么一远望，我反倒是产生了一种三更半夜和别人一起看热闹的心情。可是，两只猫不知怎的一点不动。或许是还没有注意到巡夜警卫的靠近吧，也有可能是觉得没什么大不了，就没有改变。这也是动物们了不起的地方。它们如果不认为人会给他们带来伤害，就会安心地待着，就算人追逐它们也不会逃跑。实际上它们毫不懈怠地一直关注着人，一旦发现此人有要加害它们的迹象便立刻拔腿而逃。

巡夜警卫看到猫一动不动，就又靠近了两三步。好笑的是，两只猫转头看向他，虽然它们还抱在一起。这时我倒觉得巡夜警卫更有趣起来。接着，巡夜警卫用他手里的木杖在猫的附近咚地杵了一下。于是两只猫立刻变成两条放射线一般向着露天马路的里侧逃走了。巡夜警卫目送完猫的背影，和往常一样百无聊赖地边敲着木杖边离开了露天马路，甚至没有注意到晾衣场上的我。

其二

我曾经有一次想好好看看溪树蛙。

要想看溪树蛙，就必须大胆地去到溪树蛙鸣叫的浅滩边缘。慢慢行动的话溪树蛙就会藏起来，因此要尽量迅速行动。到了浅滩之后，首先要藏好身体不要动。心中默念着"我是石头，我是石头"，一动不能动，只有眼睛需要仔细观察。稍一出神就可能什么都看不到，因为溪树蛙和溪石的颜色很难区分开来。过一会儿，溪树蛙终于从水里或石头下面抬起了头。仔细看就会发现，其实有很多溪树蛙从很多地方冒出头来——仿佛它们商量好了似的——小心翼翼地露出头。我已经和石头混为一体了。它们因恐惧而谨小慎微的身体回到了原来的地方。我再次望去，只见它们刚才不得已中断的求爱又重新开始了。

如此近距离地观察溪树蛙，我时而会感到匪夷所思。芥川龙之介写过一部小说，讲述了人类去到河童世界的故事，而今溪树蛙的世界竟然就在我身边。我通过眼下的溪树蛙突然进入了它们的世界。那只溪树蛙站在浅滩的石头之间形成的小小溪流前，一副奇怪的表情定定地盯着水流，那样子像极了南画中的河童或者渔夫之类的点缀性人物。突然，它面前的小溪变得宽阔起来，终成了一条江。一瞬间我有一种天地孤客的感觉。

这不过是一个故事。但是可以说，只有在这种时候我才能在最自然的状态下观察溪树蛙。在那之前我曾有过一次这样的经历。

那时我从溪里抓来了一只呱呱叫的溪树蛙，想把它放在桶里仔细观察。桶是浴场的桶，放入溪石，装满水，用玻璃盖上后拿进了屋子。可溪树蛙却怎么也不是平日里的自然状态。我放入了一只苍蝇，苍蝇落到水面上，和溪树蛙过着井水不犯河水的生活，于是我百无聊赖去泡汤了。待我回来时已经忘记了这件事，桶里传出了声响后我才想起来，马上去看，却又没了动静。于是我又出门去散步。回来后桶里又传来了声音。之后还是一样。那天晚上，我把桶放在身边读起了书。我沉浸在读书中，完全忘了它，中途里面又传出了声响。我是在一种最自然的状态下读书的。第二天，它为我演绎了什么是"慌张入水"，身上沾着房间里的灰尘，从我打开的拉门跳向了有淙淙流水的方向。——从那以后我再也没试过这个方法。想在自然的状态下观察溪树蛙果然还是要去溪边。

　　一天，溪树蛙聒噪地鸣叫着，在街道都可以听到。我从街道穿过杉树林走到了那个浅滩。溪边的树林里，蓝燕的叫声婉转动听。蓝燕和溪树蛙一样，都能把小溪衬托得有趣。据村民说，这种鸟在一片树林里只有一只。一旦有别的蓝燕进入，就会驱逐它。一听到蓝燕的鸣叫，我总是想起这些，并且信以为真。它多么享受自己的叫声和回声啊！它的声音十分通透，整日响彻在溪间不断变化的阳光中。那时的我几乎每天都在溪间玩耍，经常随口这样哼唱："去西平，有西平的蓝燕为我歌唱；来濑古，有濑古的蓝燕为我颂扬。"

　　我走到浅滩附近，那里同样有一只蓝燕。我听到溪树蛙的叫声后迅速地走到浅滩旁，接着它们的歌唱停止了。但是按照既定的策略，我只要蹲在那里就可以了。不一会儿，它们就和刚才一样啼叫了起来。那个浅滩上溪树蛙出奇得多，蛙声响彻整个浅滩，仿佛从远方吹来的风。那声音在眼前的浅滩浪尖上越发昂扬，随即达到了高潮。那声音的传播方式颇为奇妙，宛如一个不断涌现不停摇动的幻影。科学的说法是，地球上最初出现的具有声音的生物是石炭纪的两栖动物。因此一想到这是地球上唱响的最初的大合唱现场，我就感到无比壮丽。那声音是音乐，能使闻者心神震撼、感动肺腑、潸然泪下。

我的视线下方有一只雄溪树蛙。它终于赶上了合唱的节奏，不一会儿它也鼓动喉咙开始歌唱。我尝试着寻找它的伙伴。溪流对面距离岸边一尺左右石头下方有一只安静的溪树蛙，我觉得它就是雄溪树蛙的伙伴。观察了一会儿后，我发现雄溪树蛙每次鸣叫时它都会用"呱、呱"的声音心满意足地回应。雄溪树蛙的歌声渐次兴奋起来，它饱满的歌喉不禁令我也想去回应。又过了一会儿，它突然又开始打乱合唱的节奏。待它的叫声响起后，雌溪树蛙就会"呱、呱"地回应。它的声音比起热情的雄溪树蛙来说稍显温吞，大概是没有振动的缘故吧。一定有大事要发生，我在等那一时刻的到来。果不其然，在我以为雄溪树蛙就要停止它那聒噪的鸣叫时，它顺当地顺石而下开始渡溪。从来没有一幕比这可爱动人的景观更让我感动。它趁着溪流向雌溪树蛙靠近，这和人类的儿童在发现母亲的身影时，一边撒娇地哭，一边奔跑过去的情景别无二致。它呱呱呱呱地叫着，向雌溪树蛙游去。真的有这样可爱的一心一意的求爱啊！我完全为它们着迷了。

最后它当然幸福地到达了雌溪树蛙身旁，接着它们进行了交配，在清澈的溪流中——但是它们痴情的美好不及渡溪时的可爱。看着这一幕世间少有的美丽情景，我良久沉浸在响彻溪间的蛙声中。

雪后

一

当行一犹豫该留在大学还是找工作的时候，他之前师从的教授给他提供了一个职位，虽然并非能大富大贵，却既能满足他继续研究的愿望，也能维持生计。那位教授在他主持的研究所里为行一提供了一个职位。之后行一便开始了朴素的研究生活，同时也开始了和信子的婚姻生活。他们的婚姻遭到了行一的父母和家族的反对。可是最终行一除了给他们留下任性、固执的印象之外，也没有别的方法。

他们二人在东京郊外开始过起了俭朴的生活。栎树林、麦田、街道、菜园和地形多变的郊外是安静的、清新的。饲养有奶牛的牧场是信子喜欢的地方。紧凑的百姓人家是行一喜爱的地方。

"如果遇上了马鞭，马鞭不是这样拉着嘛，不躲到鞭子的这一侧会很危险哦。"行一在教妻子如何躲避马鞭。偶尔会有被驯马师牵着的马信步走在春天扬着灰尘的马路上。

租给他们房子的房东是在这片土地上定居的一位农夫。农夫对这对小夫妻很是关爱。有时会带着他的浑身散发着阳光和泥土气息的孩子来他们的家里玩耍。行一也会从房东家密布着苗床的前院抄近路进进出出。

"咔嚓咔嚓——咔嚓咔嚓——"

"那是什么声音？"行一放下吃饭的筷子，一副认真倾听的姿势，并用眼睛示意妻子。信子咻咻地抿嘴笑道："是麻雀哟。我在房顶撒了面包屑。"

那声音一响，信子就会放下工作上到二楼，蹑手蹑脚地靠近镶在拉门上的玻璃旁。其间麻雀不是走着，而是并脚跳着，四五只麻雀在啄食。信子一动不动，可它们好像还是注意到了信子，呼啦一下全都飞走了。——信子这样说道。

"它们慌张地逃走了，也不看人家一眼……"

听到这儿，行一笑了。信子经常说这样的俏皮话来为单调的生活增添色彩。行一心想，信子真是穷开心。后来信子怀孕了。

二

蓝天辽阔，树叶尽落，三球悬铃木的果实干燥呈褐色。冬天，干冷的风呼呼吹过，村里发生了杀人案。盗贼猖獗的流言四起，火灾频频发生。日渐缩短的白昼里信子大门紧闭，连飞进房子的树叶她都感到害怕。

一天早上，铺着白铁皮的屋顶发现了人的足迹。

行一疼惜因用水和瓦斯感到不便的有孕在身的妻子，决定在市里找一处房子。

"房东去了交番①，可是警察却坚信自己管辖范围内不会发生事故。去了好几次，他都这样回应，也没见来巡视。"

于是信子拜托房东太太帮她看家，她去了一趟市里。

三

有一天，天空飘起了大雪，好像在告知早春的来临。

清晨还在床上的行一听到屋顶雪化后的水滴答滴答地打在白铁皮上的声响。

打开窗户，和煦的阳光洒满了房间。一片耀眼夺目的世界！百姓家的茅草屋顶铺着一层厚厚的雪，蒙蒙的水蒸气袅袅升空。天空中是刚刚形成的云朵！它们在深邃的碧空中发出雪白的光，形态优美地翻滚着。行一看着眼前的一番景色。

"起床咯，起床咯！"

信子来问候早安了。

"哎呀，好暖和啊。"她边说边晾晒着被褥。她这一抖，一股阳光的味道扑鼻而来。

"呼呼叽叽——"

___
① 交番所的简称，即派出所和街角的警察岗亭。

102

"啊，是树莺。"

两只麻雀在树上晃得罗汉柏都摇摆起来，之后转了一圈躲到了树下的阴凉处。

"呼呼叽叽——"

"是口哨声。"行一认为那是附近理发店喂食小鸟的小伙计发出的。行一对他产生了一丝赞许。

"哎呀，真的是口哨声啊，真是讨厌。"

御岳教会的老人们每天早晚都会朗朗祷告，还会到开阔的平原地带随着口令做体操。他们做了一个大大的雪人，旁边立着一块牌子，上面写着"御岳教会×××作之"。

茅草屋顶的雪融化得像梅花鹿身上的斑点，升腾起来的水蒸气也日渐减少。

一个月色甚好的晚上，行一外出散步。走到一处平缓的地方，那里恰好形成了一定斜度的坡路，两个身穿滑雪服的男人沐浴着月光在雪道上滑翔。

听信子说，白天孩子们坐在一块木板上，手拿木棒列队滑雪而下，他们的滑雪道是在山中劈开的一条坡道，和这段坡道相连。那里像撒了一层滑石粉似的发出奇异的光。

行一在月光下咔嚓咔嚓地走在冰冻的雪上，一边走一边进入了美丽的幻想中。那天晚上，行一给妻子讲述了俄罗斯的一位短篇小说家写的故事。

"坐上来吧。"

少年邀请少女坐到他的雪橇上。两个人拉着橇在一段长长的斜

103

坡上行进,头上渗出细密的汗珠。接着从那里开始向下滑去——雪橇渐渐加速。头上系着的头巾在风中啪嗒作响,寒风咻咻地滑过耳边。

"我爱你。"

少女突然在风中听到了这声低喃,心跳咚咚地加快。然而当雪橇减速,耳边呼啸的寒风消失,直至二人停下来后,她的心上笼罩了一层疑云——那一声低喃仿佛是她的幻听。

"怎么样?"

从少年爽朗的神情中,她难以分辨。

"再来一次。"

少女为了确认那声音,汗流浃背地再次拖着雪橇走上雪道。——头巾又开始呼啸起来。咻咻——风又从她耳边划过。心跳咚咚加快。

"我爱你。"

少女叹了一口气。

"怎么样?"

"再来一次!再来一次!"少女发出了近乎哀号的声音。这次一定要听清楚。这次一定要。

可无论尝试多少遍都是一样的结局。少女欲哭无泪地与少年告别。这一别就是永远。

——之后二人住在相隔甚远的城市里,各自结了婚。——不过直到耄耋之年,两个人都没有忘记那天的滑雪。——

这个故事是行一从他从事文学创作的朋友那里听来的。

"嗯,也挺好的。"

104

"可能是哪里错过了。"

有一天发生了一件大事，信子在那条坡道上摔倒了。她很害怕，不敢告诉丈夫。产婆检查那天，她害怕到颤抖。不过幸好胎儿没有什么异常。后来，信子对丈夫说了这件事。行一大怒，信子从未见过他这样发怒的样子。

"你怎么骂我都无妨。"信子哭泣着说道。

然而这样安心的日子没有持续下去。一天信子睡了一会儿，她的母亲被召唤而来。医生检查出她的肾脏出了问题。

行一失眠了。恰好研究所的实验也进展得不尽如人意。年轻的行一在研究上经验尚浅，因研究不顺利而遭遇的挫折折磨着他。夜不能寐的脑海中一想到信子会出无法挽回的事故，就痛苦万分。他屈服了。行一觉得这正是自己无法挽回的事。

"啪嗒啪嗒啪嗒……"他感觉到了振翅的声音。

"咕咕咕咕……"远处出现了一只对手。

一只在这边疲惫不堪，另一只在那边武魂燃起。

一只渐渐没了声息。

"咕咕咕咕……"一声、两声、三声过后，也不再啼鸣了。它进入了自己的圈里。

行一不知不觉间已经习惯了把那声音当成赛艇的了。

四

"那个，电车的车票放在家里哦。"信子递给系完鞋带的丈夫帽子后，微弱地说道。

"今天你还哪儿都不能去哦。你的脸看起来还是有点儿浮肿。"

"可是——"

"没有什么可是。"

"妈妈……"

"让岳母大人过来吧。"

"所以说……"

"所以我把车票放在家里好了。"

"我就是这个意思。"信子衰弱的脸上露出了意味深长的微笑。（随即又发起呆来）——她还穿着怀孕之前的和服，随着生产日期的临近，裙角有些撑开了。

"今天我有可能去大槻家里一趟。要是找房子浪费了时间我就不去了，直接回来。"他撕下一张车票递给妻子，面露难色。

是这里啊。他心想道。他在那条妻子摔倒的坡道上看到了红色泥土中露出的灌木和竹林的根。

——走近一看，红土中露出的是女人的大腿。有好多好多。

"这是什么？"

"那是××从南洋带回来的，种在庭院里的××树的树根。"不知什么时候走近的大槻这样说道。

行一明白了，一瞬间他又想到了坡道上是××家的宅邸。

走了一会儿，又到了一条乡间小路上。没有了宅邸的氛围。裂开的红色泥土中赫然生长出一根根女人的大腿来。

"这里应该没有某某树，那这是什么呢？"

不知何时，朋友又从他身边消失了……

行一站在那里，早上的梦鲜明地留在脑海里。那是年轻女人的大腿。它们和植物的概念结合在一起，形成了一种强烈的怪异恐怖的印象。须根在破败的泥土中向下延伸生长，残破的红土中大大的霜柱发着光。

他想不起来那是谁家的宅邸。好像是以霸气的垦荒者而闻名的某宗派的僧侣。那棵某某树让他联想到了具有气根的小笠原露兜树。可是为什么会做那样的梦呢？倒是没有煽情的成分，行一想。

行一下午早早结束了实验后便去找房子。这种事虽然让他感到阴郁，不过以他开朗的性格来说还是相当从容的。待找房子一事办妥后，他又去本乡订购了实验装置的器具，之后又绕道大槻寄宿的住处。他和大槻初中、高中，甚至大学都在一起，只不过他学的是文科。二人的职业不同，气质也不甚相同，却关系亲密到互相干涉对方的生活的程度。尤其是大槻立志要成为一名作家，从在知识的汪洋中乘风破浪做研究的行一身上能感受到共通的激励。

"房子怎么样了？研究所呢？"

"唉呀，慢慢来吧。"

"你倒是看得开。"

"上次说的那件事我还是挺挂心的。下次学会上教授应该会提出报告，总这么下去是不行的。"

话题转到了四方山上。行一把早上做的梦告诉了大槻。

"那棵章鱼树还是什么的竟然是 ×× 从南洋移植来的，有意思。"

"那可是你告诉我的……那个人很像你，净告诉我些没有根据的事。"

"什么呀？什么嘛！"

"狐狸的剃刀啦，麻雀的铁炮啦，你老是说些有的没的。"

"才不是，这些植物都真实存在！"

"你脸红了。"

"我生气了嘛！把梦里的事都套在现实中的人身上！那干脆我也说一个关于你的梦！"

"你说吧。"

"很久之前的事了。有O，还有C，咱们两个也在。我们四个人一起玩扑克牌。要说在哪儿玩的，应该是你家的庭院里。等我们开始玩的时候，你从一个仓库一样的地方拿出来一个好像是售票厅一样的小房子。然后你钻进去坐下，从售票窗口说道：'来吧，给我发牌到这里。'好玩极了，可是还要给你发牌到窗口，我们就生起气来，然后O也钻了进去占领了另一个窗口……怎么样，这个梦？"

"后来怎么样了？"

"这是你的风格吧……不，是说被O占领的那个部分像极了你。"

大槻送行一去了本乡路。美丽的火烧云在天空移动。太阳落山的街上夜幕初降。可是其中的人却看起来生机勃勃的。两个人走着走着，大槻给行一说起了社会主义运动和参与运动的年轻人的事。

"美丽的火烧云到了秋天可就看不到了，现在好好看看吧……我最近变得从容多了。天空很漂亮吧？可是我却没什么感情变化。"

"你说得可轻松。再见吧。"

行一把下巴埋在毛线围脖里，和大槻分开了。

透过电车的窗户可以看见从树叶间洒下的美丽的阳光。火烧云渐渐变为死灰。黑夜降临，迟归的马车就像捧着一束纸包着的蜡烛火焰走着。行一在电车里想起了刚才大槻说的社会主义的事情。他感到自己非常被动，非常迷茫。他想，自己苦心经营的那个家就是大槻梦里出现的售票厅。每当听到"社会的底层"这个词时，他就会想起红土中长出来的女人的腿。不拘小节的大槻丝毫没有察觉到有妻儿的行一的情绪。行一打了个冷战。

满员电车在终点站下车的人都穿着劳动的制服，有很多劳动者。卖晚报和卖鲤鱼的小贩通过昏暗的省线陆桥，在反射灯的强光中默默地沿着坡路而下。两个人的肩上都担着沉甸甸的货物。行一总是会这样想。沿着坡路而下，星星就会藏到杂树林的树荫中。

路上，他偶然遇到了正要回家去的岳母。在和她打招呼之前，行一先是观察了一阵子，以一种在街上罕见家人的目光。

"您怎么看起来有气无力的？"

她的肩膀耷拉着，令人怜惜。

"您回来啦！"

"啊，你也回来啦。"岳母一副呆呆的表情。

"你累了吧？怎么样，房子找到了吗？"

"都不太合心意啊。您……"

行一心想，还是先回家再说吧，于是就没有提到今天找房子时略显混乱的情况。

岳母突然用甲州方言大声地说道："我今天看到了了不得的东西。"

据说是街上的牛产子的事。那是一头经常拉货的运输牛。刚把

109

货物送到目的地就要生了，货运老板和那家人正慌乱时，那头牛轻而易举地生下了一头小牛。牛妈妈一直休息到了傍晚。然而岳母看到那头牛的时候，它正拉着一台车，车上铺着草席，上面有一只小牛。

行一想起了今天看到的美丽的火烧云！

"牛车旁聚集了很多人在看。还有的男人借了灯笼来，朝人群喊道'让开、让开'，这样前方才闪出一条路，他赶着牛继续往前走……大家都看到了……"

岳母努力抑制着心中强烈的感动。

"好了好了。"行一感到胸中有一阵膨胀的思绪，紧紧地压迫着他，"那我就先回去了。"

岳母说还要买东西，于是行一把她留在蔬菜店，在微弱的星光下快步踏上回家的小路。

苍穹

在一个晚春的午后，我在沿着街道的土堤上晒太阳。巨大的云层在天空中一动不动。面向地球一侧的云现出藤紫色的阴影。巨大的体积和藤紫色的阴影使得那云有一种说不清道不明的虚渺的悲哀。

我坐在村子里公认的最为宽阔的平原边缘。看到村子里的景色大体都是些山地和溪流，因此不管面朝哪个方向望去，都处在有坡度的地势上面。目之所及的风景无时无刻都难以逃脱重力的威胁。除此之外，光与影的变幻也总是让身处溪间的人感到不安。在这个村子里，没有什么事情比从溪间眺望这片整日太阳高照的平原更让人放松了。那样的景色看上一整天也不会厌倦，我常被感怀得悲从中来。我把它想象成一个住着贪图安逸者们的只有下午的国度。

云笼罩在平原一侧的山上，山上有许多杂树林，杜鹃鸟无休止地啼叫着。山麓上水车发出耀眼的光，映在眼里一动不动，晚春明媚的阳光普照着野山，给人一种懒洋洋的静谧之感。那云仿佛在感慨这样一种安逸的不幸。

我把视线转向溪流的方向。眼前是位于半岛中央的群山中流淌出的两条溪流的交汇处。两条溪流间如楔子一样耸立着的山，和像屏风一样挡住前路的山之间，一条溪流回溯到上流，山脉就像十二单和服一样相互交织在一起。在尽头的地方有一棵巨大的枯树占据了最高处，并且因此更让人情绪高涨地看到一座山矗立在那里。太阳每天划过两条溪流上空，然后落向那山的方向。下午时间还早，未至傍晚的时分，太阳刚划过溪流的上空，溪流之间矗立的山的近侧呈现出如死一般的影子，令人注目。三月的中旬，我经常看到从覆盖着山体的杉树林中冒出山火一样的烟。那其实是湿度和温度正好的日子里风吹动杉树林时花粉齐飞形成的烟状物。然而如今已经完成受精的杉树林上方是一片褐色。状如燃气气体的幼芽笼罩着的山毛榉和橡树上已经有了初夏的气息。郁郁葱葱的嫩叶投射下的影子形成的燃气气体一样的梦幻景色已经不在。唯有溪间茂盛的米槠第若干次发芽而散布着黄色花粉。

　　我流连于这些风景之中，两条溪流身后被杉树林遮盖了表面的山的上空流动着淡淡的云雾，透过云雾还能看到蓝天，不知不觉我就被吸引了。流动着的云雾转眼间就以耀眼的巨大的姿态飞到天空的更深处了。

　　云雾的一侧又在不断地形成，缓慢地旋转。接着另一侧也在不断地向边缘散去，消失在蓝天的更深处。没有比云雾的不断变幻更能唤起人心中无法言说的深刻情感的事物了。我凝视着观赏着云的变化，沉沦在其形成至消失这样反复变化的过程中，一股奇妙的类似于恐惧的情感渐渐地涌上心头，郁结于咽喉处，身体的平衡感渐渐消失。这样的状态如果持续下去，我想人就会在某个支点开始下落直至跌入地狱的深渊。就像用来燃烧的纸偶人在燃烧结束后，整个身体都丧失了气力的样子。

目光和云雾间的距离越来越近，继而我被卷入了情感的旋涡。这时我的眼里出现了不可思议的现象。云雾的形成不是在云蒸霞蔚的杉树林上空，而是在更远的地方。在那里我才能看到隐隐约约的形状转瞬间就幻化成了巨大无比的云雾。

莫非那里存在着某种看不见的山一样的东西？我被这种不可思议的思绪包围了。就在这时，我的心中突然掠过某种东西。那是在这村子里的某个夜晚的经历。

那天夜里，我没有提灯笼，漫步在黑暗的街道上。黑暗中途经了一处只有一户人家的地方，那家屋里的灯光从窗户投射出来，在我看来就好像是户外的风景。灯光洒到了街道上，突然那里出现了一个人影。大概是同我一样没有提灯笼便漫步于黑暗中的住民吧。我倒不是觉得那人影奇怪。我毫不慌张地凝视着那人影消失的方向，人影背上的光线一点一点消失，只剩下眼底的幻影，变成了对黑暗的一种想象——最后终于啪地一下断掉了。那时的我感到了对没有"归处"的黑暗的些许恐惧。我想象着自己如同黑暗一般以令人绝望的方式消失，感受到了一种不可言说的恐惧和激情。

当这记忆笼罩于我心头时，我才幡然醒悟。在那云雾形成又消失的地方，不是某种看不见的山一样的东西，也不是神奇的海岬一样的东西，而是虚无本身。是充斥在白昼中的黑暗。我因此感受到了巨大的不幸，仿佛自己的视力突然弱化。这个季节的天空里充满了深蓝色的烟雾，看着看着，感觉那里只剩下了黑暗。

泥泞

一

　　那是某一天发生的事——

　　我收到了一直在等待的从家里寄来的汇票，为了把它换成钱去了本乡。

　　我住在郊外，下过雪后又逐渐融化的天气里实在懒得出门，可是这钱期盼已久，因此还是决定出行。

　　在此之前，自己相当努力写出的作品以失败告终。先不说失败本身，那奇怪病态的失败方式甚至对那之后的生活也带来了不好的影响。基于此，我想转换一下心情。没有钱就无法出门。那时从家里寄来的汇票不知为何有些不妥，于是我又将那汇票寄回，因此自己更是感到不愉快，只好又等了四天。那天收到的汇票是第二次寄到的。

　　停止写作后大概过了一周多，其间自己的生活完全变得无力而失去平衡。如前所说的"失败"已经像带有某种病态的成分。一开始写作的心情开始动摇起来，之后在打算把脑中浮现的东西写下来的瞬间又突然不可思议地想不起来。回头阅读和修改，连这些也已经无法做到。如何修改比较合适呢？自己无论如何也回想不起最初写下那些文字的心情。我隐约开始感到不能一直卡在这件事情上，奈何自己执念之深，无法放弃，也无法停下。

停止之后的状态果然不好。我一直迷迷糊糊地。缺乏生气的状态超越了我的生活经验一般怪异。虽然花枯萎水腐臭的花瓶令人难忍不快，但是由于收拾起来甚是麻烦的缘故，有时候便会置之不顾。每当看到它，不快的感觉就会更甚，然而那不快却还是无法让我产生清理的心情。与其说是嫌麻烦，倒不如说是被迷住了心窍。在缺乏生气的状态中就会闻到那种味道。

无论着手开始做什么，中途一定会出神。意识到后重新回到正在做的事上，检视自己的心情，竟然是满不在乎。之后无论做什么都会像那样半途而废……并且随着这种情况的反复，独居生活变成了半途而废的铺排。就这样我深陷在那片仿佛被禁足的沼泽中，无论如何都无法抽出手脚，行动起来。那里存在着仿佛从沼泽底部涌上来的沼气一样的东西，那令人厌恶的幻想会不经意间在脑中浮现——亲人遭遇不幸或被友人背叛。

那时火灾频发。我习惯于到附近的原野散步。当时那里正在建设住房，附近堆放着锯末，意识到自己随意乱扔烟头一事，感觉好危险。大概是附近发生过两次火灾的事一直在脑海中盘旋的缘故。每次都会袭来一阵冷漠的被束缚的不安。因为如果别人对我说"你在这附近散步了？”或者“都怪你这家伙扔的烟头！”，那我就毫无争辩的余地。还有，看到在奔走的电报配送员我也会不开心。妄想开始削弱自己的意志。因为一些愚蠢之事自己也逐渐变得孱弱了。每思及此就无法忍受。

无所事事的我常常心不在焉地看着镜子和刻有玫瑰花纹的陶器水壶。心灵的休息之所——虽不能这样称呼它，但确实可以从那里捕捉到心灵休憩的瞬间。以前自己常常在原野或类似的地方体验过这种感觉。虽然那只是十分微弱的一丝感觉，但是凝视着被风摇曳着的草的叶子时，感到自己心中也有那草的叶子或类似的东西在随风飘摇。那不是一种确实的东西。虽然十分微弱，但不可思议的是能感到被秋风一吹便飒飒摇摆的身处草丛的感觉。仿若喝醉了的感觉，紧接着心情就会变得神清气爽。

面对着镜子和水壶的我自然而然就会想起那段经历。有时觉得如果可以像那样转换心情也不错，然后就会变得积极起来。然而，我还是经常看之入迷进而神游。电灯在水壶的冷白肌肤上成了一个小点的像，那惹人怜爱的水壶对无所事事的我来说有一种奇妙的吸引力。夜里两三点座钟报时后，我仍无法入睡。

深夜照镜子有时是一件非常恐怖的事情。自己的脸看上去完全是一张陌生人的脸，抑或大概是由于眼睛疲劳的缘故，一动不动盯着它就会变成丑恶的歌舞伎臃肿面具一样的脸。突然镜子中的脸消失，紧接着又像烤墨纸一样渐渐显现。有时候又会被只有一侧显现出来的眼睛盯着看很久。实际上，恐怖在某种程度上具有自己制造并沉迷的性质。就像孩子在逐浪时和时而靠近时而后退的浪花你追我赶一样，对于镜中歌舞伎的面具，我既感到恐惧又想和它玩耍。

我不爱动的心情一直都是这样。看镜子和水壶时感受到的仿佛被抬到某个奇怪的地方的心情，反而好像和停滞的心情纠缠在一起。即使没有发生这种事，我也会一觉睡到中午，并做很多梦，以至于无法分清梦境和现实，弄得整个下午疲惫不堪。我总是会怀疑自己所经历的世界有些奇怪。走在街上会突然升起这样的念头——会不会有人看到自己，边说"那家伙来了"边逃开呢？这样一想就会觉得惊悚。有时还会想，会不会遮着脸哄婴儿的少女突然面朝我而来时变成妖怪的脸。

一直期盼的汇票终于来了。我走在积雪的道路上，久违地朝省线电车的方向走去。

二

从御茶水到本乡的中间一路上有三个人在雪路上滑倒。待终于到银行时，我的心情已经糟糕透顶。我一边在烧红的瓦斯暖炉上烘烤因濡湿而变重的木屐，一边等待柜员叫到自己的名字。我对面的位置坐着一个店里小伙计模样的人。脱下木屐后，我感觉小伙计不时看我。我看着被和着泥的雪弄脏的地板，眼神狼狈起来。我兀自想象着，但仍然被对面那位我假想的小伙计注视到无地自容。我想起自己在这种时候会脸红的毛病。现在是不是变红了呢？这样一想，感觉脸瞬间热了起来。

柜员还没有喊我的名字。真是慢得过分。我拿着汇票去负责人

117

面前示威了两次，最后终于开口向他询问。没想到他正在怔怔发呆。

出门，向正门前方走去。两个巡查一左一右搀扶着一位好像晕倒了的年轻女性。来往的行人驻足观望。我则去了理发店。理发店的洗发池坏了。我说了要洗头，于是店员边用香皂洗边用手帕擦拭。我想这应该不是新式的洗头法，可终究什么都没有说出口。一想到头发上有香皂残留，我就难以忍受。一问才知道是洗发池弄坏了。之后店员用湿毛巾反复擦拭了几次。我付了钱，店员递给我帽子。我一摸头发，果然有香皂残留。感觉如果不说些什么的话会被当成傻瓜，可直到最后还是什么都没说，就那样走出了店。好不容易心情刚有些好转，又莫名其妙地生了一肚子的气。我去了朋友家，终于把香皂洗掉了。之后我们闲聊了一阵子。

我说话的时候，感觉朋友的脸庞莫名其妙地疏远起来。而且，完全没有说到自认为重要的事情。我有种感觉，他不是以前的他了。我想他一定也觉得我有些奇怪。我想他什么都没说是因为自己害怕，而不是一种不友善的行为。可我又不好主动问他"你不觉得我哪里奇怪吗"。倒不是害怕他回答"这么说起来是很奇怪"，而是一旦从自己口中问道"是不是奇怪"就等于自己承认了自己的奇怪。一旦承认就全完了——我抱着这样的恐惧。我这样想着，可嘴里还在喋喋不休。

"不要老闷在家里，多出来走走。"朋友把我送到玄关的时候说道。我想回应些什么，终究只是点了点头，向外走去，一副刚干完一件苦差事的心情。

外面还在下着雪。我步行到了旧书店。有想买的书，却因囊中羞涩而吝啬起来，没能全部买下。"买这个还不如买刚才那个。"去了下一家书店后，又后悔没有在刚才的书店买。这样重复了几次后，我开始消沉。到邮局买了明信片，打算给家里写信表达对我经济上支持的感谢，还有对久未问候的朋友致以歉意。我坐在桌子前，顺利流畅地写下了那些难以启齿的话语。

　　我走进了一家原以为是旧书店的书店，结果进去后全是新书。店里没有顾客，我的脚步声响起后，从里间走出一个人。无奈之下我买了一本最便宜的文艺杂志。我觉得今天晚上不买些什么就回去的话一定会非常难受。这种难受的感觉不可思议地被放大了。我知道有夸大的成分在里面，可心情还是无法释然。于是又返回了刚才的旧书店，还是没有买成。我在心里批判自己的吝啬，但最终还是没有买成。雪簌簌地降落着，我准备去往这次出行的最后一家书店，刚才问了价格而没有买的旧杂志这次下定决心无论如何也要买下来。我走了进去。想到在第一家书店里第一本询问价格的旧杂志竟成了最终选择，感觉傻傻的。店里的小伙计被其他店的小伙计扔来的雪球吸引了过去。我在记忆中的地方找不到那本杂志。该不会是走错了店吧。这样一想，我不安起来，只好询问小伙计。

　　"您落下东西了吗？我这里没有哦。"小伙计一副心不在焉的态度散漫地说道。可我又怎么找也找不到那本杂志。最后就连我自己也认输了，买了一双短布袜就匆匆赶往御茶水。天色已晚。

　　我在御茶水车站购买了定期乘车券。车厢里，我在心里计算着如果每天都去学校，一天往返的车票是多少钱。可我算了几次都算得不对。其中还得到了和偶尔出行的车票一样的答案。我中途在有乐町站下车，去银座买了茶、砂糖、面包和奶酪等。行人稀少。这里也有三四个店员在互相扔雪球。雪球看上去硬邦邦的，感觉打到身上会很痛。我又莫名其妙地不开心起来。身体也疲惫不堪。今天一整天自己失败的方式太过残忍，以至于自己变得抵触起来。用十钱买一个八钱的面包，找零的时候突然显出了反抗意识。要找的东西问了店员，得到"没有"的答复后就变得杀气腾腾。

我进入一家名叫"狮子"的餐厅吃饭。为了暖身子而喝了啤酒。我看到店员在制作鸡尾酒，各种酒放在一个瓶子里盖上盖子摇晃。最开始是摇瓶子，到了后来就好像被瓶子摇一样。最后将瓶子里调好的酒倒进玻璃杯，搭配着水果一起盛在托盘上。看到那准确而灵活的动作时，我颇感兴趣。

"你们像排列起来的阿拉伯士兵。"

"对，就像巴格达的节日。"

"肚子饿了吧？"

看着排成一列的洋酒瓶子，喝了啤酒的我感觉有些醉了。

三

走出"狮子"，到中国商店买了香皂。矛盾的心情不知不觉平静了下来。买了香皂的自己变得有些奇怪。我怎么也记不起来自己有过想要购买的愿望。仿佛脚踩在空中，心中很不踏实。

"还不是因为稀里糊涂就做了。"

我犯错的时候，母亲常常这样说。不承想这句话竟会出现在我刚做完的事情中。那块香皂对我来说异常昂贵。我不由得想起了母亲。

"奎吉……奎吉！"我试着呼唤自己的名字。母亲面带悲伤的脸庞清晰地映在我的脑海中。

——大约三年前，有一天晚上我醉酒后回家，醉到连前后左右都无法分辨的地步。那时是朋友把我送回家的，听他说当时我醉得很厉害，我一想到那时母亲的心情就感到黯然神伤。后来朋友说母亲那样责备了我，他还模仿母亲的语调说给我听。他模仿得像模像样，简直和母亲的语调一模一样。光是那句话就已令我足够惭愧，朋友再现给我的那语调简直让我想哭。

模仿真是神奇。这一次我模仿了朋友的模仿。最亲近的人的语调反倒是从别的地方听来。再后来，就算不说后面的话，只要说了"奎吉"两个字，母亲当时的心情就会清晰地浮现在我心头。直接喊一声"奎吉"是最直接的方式，眼前浮现出的母亲的脸庞就会鞭笞和激励我……

天气晴朗，月亮初现。从尾张町到有乐町的路上，我一直不断呼喊自己的名字"奎吉"。

突然被自己吓了一跳。在某一声"奎吉"后，母亲的脸庞不知不觉被其他东西替代了。掌控不吉者——是它在呼唤我。我听到了不想听到的声音……

从有乐町到家附近的车站要花很长时间。从车站出来已经过去了十多分钟。夜深了，我筋疲力尽地走在一条陡坡上。身上的裤子窸窸窣窣的声响听起来很是奇怪。在陡坡上走了半程，反射镜中反射的照明灯的灯光为我照亮了前路。我与灯光的方向背道而驰，影子长长地趴在地上。道路两侧的路灯交相辉映，投下了我身穿斗篷大衣、手抱购物袋的略微臃肿的影子。影子从后面站起来绕到前面，脑袋还会突然出现在别家的房门上。在我追赶杂乱的影子时，发现其中一个影子完全没有发生变化。那影子十分矮小，街灯一远去就愈加清晰起来，而当路边一侧的灯光渐渐变亮时，它就会随之消隐。是月亮的影子啊，我想。抬头仰望，只见在我头顶的正上方挂着一轮仿佛十六日或十七日的圆圆的月亮。我莫名其妙地单单对那影子感觉亲切。

离开大路进入灯光稀疏的小路后，月光才以它的神秘照亮了积雪的风景，美妙绝伦。我感到自己的内心变得非常安稳，而且还会更加平静。我的影子从左边走到右边，一直在我的前边，不偏不倚，鲜明如初。我走着，对刚才那无来由的亲切感到可疑又依恋。帽子慢慢变形，颈肩渐渐变浅，我转眼间消失了。

影子里好像有一个生物。所思即所在——我以为那是影子，其实那正是活生生的自己！

我在走！另一个我从类似月亮的位置眺望地上的我。地面像铺了玻璃一样透明，我感到一阵轻微的眩晕。

"另一个我要去哪里？"我莫名地不安起来……｀

自浴场流出的热水在路旁竹林前的小沟里流淌。热气升起，像一面屏风扑鼻而来——我真切地感受到了自己的回归。浴场隔壁的天妇罗店还开着。我向着住所的方向走进了一条幽暗的小路。

悠闲的患者

一

吉田患了肺病。进入小寒以后，刚一想天气要变冷了，第二天马上就开始发高烧并且剧烈地咳嗽，好像要把胸部的脏器都咳上去一样。四五天后，他整个人便消瘦了下去，也不怎么咳嗽了。然而这并不意味着咳嗽已经痊愈，而是由于咳嗽时腹部肌肉发力，累到完全失去了力气的缘故。除此之外，他的心脏也虚弱极了，每咳一次心跳就会紊乱。那之后想要镇定下来，他可要遭一番罪。也就是说，咳嗽停止是因为他的身体日渐衰弱、元气大伤，根据就是他的呼吸越来越困难了，浅薄而且急促。

在病情发展到这个地步之前，吉田一直把它当成常见的流行性感冒，而且总想着"明天早上就会稍微好些吧"。然而事实辜负了他的期待。他总是下定决心"今天就去看医生"，可到最后还是忍着，徒劳一场。喘得厉害的时候就去厕所，他就这样出于本能而被动地接受了一切。终于请医生来看诊时，他已经虚弱到了脸颊因急剧消瘦而深陷、身体也无法动弹的地步。两三天内就连褥疮一样的东西都长了出来。有时一整天都"哎哟、哎哟"地呻吟着，有时在夜里虚弱地发出"不安呀、不安呀"的声音。不知从何而来的恐惧使吉田极度脆弱的神经更加不堪重负。

吉田之前从未经历过这些，因此生病后他最先不解的是自己不安的源头。究竟是心脏等脏器衰弱的缘故，还是生病时常有的无须担心的现象，或者是自己过于敏感导致神经受到了打击？——吉田以一种动弹不得的姿势硬撑着让胸呼吸。如果现在突然打破这种平衡，那么他不知道自己会变成什么样子。因此吉田的脑海里甚至认真地想象了一生中只会遇到一两次的地震和火灾的场面。为了持续这种状态，他必须不断地努力维持这份紧张，如果不安的影子投射在走钢丝一般的努力中，那么吉田只会陷入更深的痛苦之中——然而，这些事不管怎么思考，不具备关键知识的吉田还是无法解决。倘若对于原因的臆想和对于正误的判断归根结底都是源于自己的不安，那么结局自然是束手无措。不过处于这种状态下的吉田是不会放弃的，因此他只会越来越痛苦。

第二个让吉田感到痛苦的原因，是他认为自己的不安有解决的办法，那就是让人请医生来或让人不睡觉陪着自己。但在大家都结束了一天的工作后，马上要睡觉的时间点，走两公里的田间小路去请医生过来，或是让已经年过六十的母亲不睡觉陪着自己，这种话吉田很难讲出口。到了下定决心请人帮忙的时候，吉田又不知如何将自己现在的状态解释给理解力低下的母亲——就算自己好不容易解释明白，一想到不慌不忙的母亲如果采取平常的态度，或者被差使来跑腿的人办事拖拖拉拉，实际上那对于吉田来说就好像移动泰山一般的幻想。可为什么愈发不安了呢——更确切地说——为什么不安又变成了更多的不安呢？这是因为人们逐渐睡去，这样就无法让人去请医生来，而且母亲睡后只剩自己一个人被放逐在荒凉的夜里。还有，如果那暧昧不明的不安成为现实，那么他就真的束手无策了——于是在这种情况下，除了闭上眼睛决定"是忍耐呢，还是拜托别人呢"之外，没有其他方法。即使吉田隐约地意识到了这一点，在身体和内心都已经无法动弹的状态下，他也无法脱离迷惘，结果只能是无法挣扎的痛苦一味增加，最后就连那痛苦也已经无法忍受。"这么痛苦的话，不如就说出口吧！"于是他终于下定了决心。然而他莫名地感到一阵束手束脚的无力感，一看到坐在他旁边的母亲就烦躁不安。"明明是简单的事，为什么就不能让对方明白呢？"吉田胸中燃起了一团怒火，他简直想把内心的苦闷都掏出来扔在母亲面前。

然而最后还是以一迭连声的"不安呀"这样脆弱又充满留恋的诉苦而告终。可再一想，虽说如此，这样做的背后还是有目的的。即若深夜里发生了什么，这样做能引起对方的注意。如此一来，他才能熬过那无法逃脱孤单的黑夜。

"只要能舒服地睡个觉就好。"吉田不知这样想过多少次。只要吉田有睡意，那么他就不会对这样的不安感到痛苦。令他痛苦的是他根本无法判断自己什么时候有睡意，是白天还是黑夜。吉田只有通过躺在床上一动不动地度过白天和黑夜，内心才能获得宁静。睡意就像阵雨天的微弱阳光，时而涌现时而消散，完全与自己无关。而母亲经过一天的看护，无论多累，一到睡觉的时间总能马上睡着。这在吉田看来是幸福的，同时他也认为那是母亲的无情。到最后，吉田只得强迫自己睡觉，并且为此不懈地付出努力。

一天晚上，吉田的房间里突然爬进来一只猫。那只猫平常有在吉田的被窝里睡觉的习惯，吉田生病以后嫌它太吵，就不放它进屋。可那只猫不知道从哪里又爬了进来。当它和平常一样喵喵叫着钻进房间时，吉田突然内心充满了不安和愤懑。吉田想叫醒在隔壁房间睡觉的母亲，可是母亲染上了流行性感冒，两三天前开始就卧床不起了。吉田考虑到自己，也考虑到母亲，向母亲提议请一个护士。然而母亲没有采纳，而是固执地坚持道："只要忍耐一下，就会过去的。"这给吉田带来了极大的痛苦。在这种情况下，吉田觉得自己做不到只为了一只猫而把母亲叫起来。吉田又想，我明明已经神经质地强调过，这种事情可能会发生，可为什么连回应都没有得到，反而被弃之不顾，明明自己为了这神经质付出了痛苦的代价？吉田对此愤懑不已。因此现在的他即使大动肝火也得不到一丁点儿好处。他不由得想，在自己的身体不能动弹的状态下，要想驱离那只不明所以的猫是一件多么需要耐力的工作啊！

猫一走到吉田的枕头边，就像平时一样想从他睡衣的领子钻进被窝。吉田的脸触到了猫的鼻子，发觉它的皮毛被户外的霜沾湿了，凉凉的。吉田动了动脖子，把领子的缝隙堵上了。这样一来，猫大胆地爬上枕头，又想寻找别的缝隙，因而一个劲地钻。吉田幽幽地举起一只手，按着它的鼻尖把它推开了。吉田极度压抑着自己的情绪，并且只用了最少的身体活动，用这样轻轻的惩罚方式来赶走那只知道惩罚的动物。这种方法企图让不明所以的猫陷入怀疑并以此为契机放弃进攻。吉田起初以为这个方法奏效了。结果这次猫转变了方向，慢吞吞地跳到了被子上，蜷成一团开始舔毛。猫跳到那里，吉田就够不到了。如履薄冰的吉田突然呼吸变得沉重起来。他犹豫着要不要叫醒母亲，结果压抑着的怒火又高扬起来。对吉田来说，忍耐并不是无法做到，只是在忍耐期间假如他睡着了，就必须要考虑到那种可能性会完全消失。而且一想到自己不知道要忍受到什么时候完全取决于猫，取决于不知什么时候起床的母亲，他就无法将这愚蠢的忍耐坚持下去。另外，要把母亲叫醒就不得不压抑着自己的情绪，恐怕还要叫许多次。光是想象那种心情，吉田就感到非常麻烦。——过了一会儿，吉田开始慢慢扭动身体让自己起来，他已经有一段时间无法自己起床了。他好不容易坐到了地板上，然后用力抓住蜷缩在被子上睡觉的猫。光是这样的运动，吉田的身体就像波浪一样摇晃了起来。然而这时的吉田别无他法，为了"不再费事"倏地把猫扔到了它刚爬进来的角落里。在床铺上盘腿坐好之后，他的身体又陷入了恐怖的呼吸困难之中。

二

吉田的痛苦终于变得不再难以忍受。他终于有了可称之为睡眠的睡眠，并开始有了反思：这次可真是受了不少罪啊。他回想着过去痛苦的两周里发生的事。那不是思考，什么都不是，只是荒芜的岩石堆砌而成的风景。其间他咳得最厉害的时候，脑海里总是会浮现出一个不明所以的词——希尔卡尼亚的老虎。它和咳嗽时喉咙的震动有关，主要还是因为吉田总在自我暗示"我是希尔卡尼亚的老虎"。可这"希尔卡尼亚的老虎"究竟是什么？吉田每次咳完都会感到困惑。吉田以为它肯定是自己睡觉前看的小说中出现过的词，可他怎么都想不起来。有时，吉田还会想到另一个词——自己的残像。吉田咳嗽咳到筋疲力尽的时候靠在枕头上，还是会轻微地咳上几声。吉田觉得轻微的咳嗽时不需要控制脑袋的动作，便放任不管。然而脑袋在轻咳之下还是会跟着摇晃，这时就会出现若干个"自己的残像"。

不过这些都是那痛苦的两周里的事了。现在即使晚上同样睡不着，吉田的心里已经可以感受到追求快乐的心情了。

一天晚上，吉田望着香烟。地板旁边的火盆下面可以看见装烟草的烟袋和烟管。与其说吉田主动看它，不如说是逼着自己去看，因为看到它的时候吉田能感受到一种难以名状的快乐。吉田夜不能寐就是这种心情在作祟，也就是说他内心有一种太兴奋的心情。吉田甚至感觉到自己的脸颊因此变得火热起来。然而吉田完全没有朝向别的方向去睡觉的意思。否则，自己好不容易感受到的宛如春夜的心情瞬间就会变成病恹恹的冬天一样的心情。不管怎么说，失眠这件事情对于吉田来说都是痛苦的。关于失眠，吉田听别人说过这样一种学说——失眠的原因归根结底是患者自己不想睡。自从得知了这个说法之后，每当自己睡不着的时候，吉田就会想自己是不是不想睡，并且整夜都尝试着这样去观察自己。而现在，吉田明白没有必要再去自我观察能不能睡着了。一到了把隐藏的欲望付诸行动的时候，吉田又不得不全部否定。吉田知道，不管他是否抽烟，仅仅走到抽烟的工具触手可及的地方去，宛如春夜的心情一定会被吹得烟消云散。若是又抽了一支，那么吉田大致就能判断出那令人恐惧的咳嗽所带来的痛苦了。重要的是，自己一旦因那人而受了苦，母亲立即就会发怒；如果趁母亲睡觉的间隙吸一根他忘带的香烟的话——想到这儿不言自明，吉田只得否定了这种欲望。因此，吉田绝不能明目张胆地去思考这种欲望。这样，他才能在望着烟草的时候心中感受到失眠的春夜般的悸动。

一天，吉田让母亲给他拿来镜子，反射庭院里寒冬时节枯萎的风景。对于吉田来说，南天竺的红色果实映入眼帘后会给人以惊醒的刺激。用望远镜对准反射在镜子上的风景时究竟有没有效果，吉田在长久的卧床中偶尔会思考。吉田心想，应该没问题。然后他把望远镜和镜子重合在一起观察，果然没问题。

村里的大麻栎树伸展到了庭院的一隅。一天，树上传来了很多只鸟儿叽叽喳喳的叫声。

"那到底是什么鸟呀？"

吉田的母亲发现后，从玻璃拉门走出去看，嘴上还振振有词，像自言自语，也像说给吉田的。每次母亲这样，吉田都会生气。这次，他抱着"随她去"的心情故意沉默不语。然而吉田沉默是因为心情好，心情不好的时候会因沉默而感到痛苦，那时他就会反抗道："你这些话好像在问我，又好像没问我，难道你觉得我能看到吗？"待母亲否定了他的这番意思后，又会进一步反驳道，"不管说多少次，你总是意识不到自己在说一些漫不经心的话，你总是说啊说啊的，让我觉得自己有义务去看，即使自己没有能力也要拿起镜子和望远镜去看。这让我很痛苦，你感觉不到吗？"这一天从早上开始吉田的心情就很不错，因此不吭声地单单听母亲说话。而母亲好像也完全没有顾及吉田的想法继续说着。

"好像是咿哟鸟①。"

"是叫栗耳短脚鹎吧。"

吉田猜测母亲大概想说的是这种鸟，但是只用了它的叫声来形容，于是这样回应道。过了一会儿母亲好像还是没有注意到吉田的想法，继续说道：

"好像毛还长得挺茂密。"

比起生气，吉田更觉得母亲的想法很好笑。

"你说的是灰椋鸟吧。"

吉田说罢，感觉很想笑。

然后又一天，吉田在大阪经营了一家收音机商店的幺弟来探望他。

几个月前，母亲还住在幺弟的家里。五六年前，吉田的父亲为了让没有上学的幺弟做点合适的买卖，还有为了老两口和小儿子的生计和养老，买了一家小杂货店。幺弟用一半改造成了自己经营的收音机商店，杂货店还由母亲经营，这样他们生活在一起。商店位于大阪市区一直向南走的小城镇，十几年前还是一片荒芜的农田，

①学名为栗耳短脚鹎，发出"咿哟咿哟"的叫声。

后来那里逐渐建起了住宅区、学校和医院。那里本来有许多当地百姓建造的小型长屋，后来随着农田的减少，长屋也消失了。幺弟的商店所在的地方是较早建立起来的街道，两侧是销售各种东西的商店。

两年多以前，吉田病情恶化，于是从东京回到了大阪的家。吉田回家后第二年，父亲就去世了。不久吉田的弟弟也从部队退伍归来，逐渐过起了安稳的生活，做了生意，又娶了老婆。然后借此机会，吉田、母亲和弟弟受到在其他城市有了自己家的兄长的照顾，在他之前住过的城镇稍远处的一个村庄里找了一间适合病人静养的不错的房子，于是三个月前他们住到了那里。

幺弟在吉田的房间里和母亲说着不咸不淡的家常，之后就回家去了。母亲送走他后回到吉田的房间里，过了一会儿，母亲突然对吉田说：

"听说杂货店他家的女儿去世了。"

"哦……"

吉田应声过后开始思考弟弟为什么不在他的房间里说，而只告诉了母亲。果然在弟弟眼里，自己是一个不能聊这些话题的病人。想到这里，吉田又说了一句"这样啊"，然后问母亲："为什么他不在我的房间里说呢？"

母亲回答道："他肯定是怕吓着你。"

母亲看起来并没有特别在意这件事，于是吉田很想反问她"你被吓到了吗"，可最后吉田没来得及问，只顾着一动不动地思考那家女儿去世的事。

吉田以前就听说她得了肺病，常年卧病在床。她家的杂货店和弟弟的商店只隔着一个路口，再过去两三家。吉田曾被多次告知姑娘就坐在店里，可他却怎么都想不起来了。只记得那姑娘的母亲常常到附近来，他们见过。她母亲的在吉田的印象里是个大好人，好到会让人对她产生一丝愠怒。她母亲总是面带怪异的笑容和附近的老板娘们闲聊，她经常被嘲笑——吉田偶尔会看到这样的场景。不过这些都是吉田的错觉。因为她听不见，别人只能通过用手比画来和她交流，再加上她说话时发出的鼻音，给人一种被嘲弄的印象。实际上就算稍微被别人嘲笑，正因为有人用手比画着和她说话，听她发出的含混的鼻音，她才能无所顾忌地融入近邻中间。这就是那片街区真实的生活模样——吉田住在那里得知了许多事情之后才明白。

　　这样，吉田对杂货店的了解不是通过那个女孩，而是她的母亲。渐渐地和自己的情况相似女孩引起了吉田的关注，那之后她的身体就越来越差。街坊邻居说杂货店的老板是个非常吝啬的人，不带女孩看医生，也不给她买药。只有她的母亲照顾她。女孩住在二层的一个房间里，她的父亲、兄长和刚嫁过来的嫂子从不靠近她。而且吉田还听说她每天饭后还要吃五条青鳉，他心里想着"怎么又是这种东西？"，然后开始留意那个女孩。不过对吉田来说，那归根结底还是素不相识的外人的事。

　　后来过了一段时间，杂货店的儿媳妇到吉田家去收钱，吉田在自己的房间里听到了她和家人的交谈。她说，女孩吃了青鳉之后情况好多了，她的公公每十天去野外抓一次，最后还说到了"我家的渔网闲着，你们也给你家的病人抓来吃吃吧。"吉田听了感到一阵狼狈。原来自己的病情已经尽人皆知，到了被公开明说的地步，吉田感到震惊。不过转念一想，这也是没办法的事。他现在才察觉到这一点，全都是因为自己平时把自己想象得太好了的缘故。让吉田印象深刻的是，她居然让自己也吃那种东西。后来家里人笑着和他说起这件事时，吉田才发现他的家人也是这样想的。吉田故意使坏地说道："等鱼再稍微长大一点吧。"吉田想到吃着那种东西却离死亡越来越近的女孩就难以忍受，心情变得阴郁起来。后来吉田搬到了现在的村庄里，就再没有女孩的消息了。时隔很久之后，母亲去弟弟家回来，吉田才知道女孩的母亲突然去世的事。她的母亲有一天在家里从玄关台阶往长方形火盆的地方走时，因为突发脑溢血之类的病死去了。虽然这话听起来很无情，吉田的母亲认为女孩的母亲死了，女孩也会非常痛苦吧，因此非常挂念她。别看那老妇平时看起来是那样，她瞒着老爷子带女儿到市民医院看病，趁女儿睡着的时候会偷摸着去买药——老妇偶尔在路上遇见母亲就会向她抱怨这些事，母亲感叹道："妈妈就是妈妈。"这件事吉田感触颇深，彻底扭转了他平日里对老妇的印象。母亲又向他转述了街坊邻居的话，据说那老妇死了之后，老爷子就担起了照顾女儿的任务，后来她的情况是否好转不知道，但是老爷子对街坊们说了这样一番话——老婆子生前什么都不会，可是每天上下楼三十多遍，光是这一点我就很佩服她。

　　以上就是吉田最近听来的有关那女孩的故事，他想起这些事，感受到了女孩死时的凄凉，不知不觉自己的心情完全变成了无依无靠的奇怪心情。明明自己住在明亮的房间里，身边还有母亲陪着，可为什么有一种感觉——唯独自己坠入深渊，怎么都出不去呢？

"我还是被吓到了。"

过了一会儿，吉田这样对母亲说道。母亲反而一副征求吉田赞同的语气回应道："我就说吧。"然后又仿佛无视了自己的要求似的接着说了很多那女孩的事，最后还感慨道：

"她家的女儿没有了妈妈活不下去啊，她妈妈死了两个月后，她也跟着去了。"

三

　　吉田听了女孩的事想起了很多。首先吉田意识到的是，从那里搬到这儿的村庄没几个月，可这期间却得到了很多那个城镇里有人去世的消息。吉田的母亲每个月回去一到两次，每次回来一定会带来这种消息。而且那些人大抵都是因为患了肺病而死。听她说，那些人从患病到死亡之间的时间非常短暂。某学校老师的女儿仅撑了半年左右就去世了，现在他的儿子又病倒了。大路上的毛线杂货店老板最近还在用店里的毛线织机工作了一整天，可是突然就死了，他的家人匆忙闭店回了老家。后来那里就变成了咖啡店……

　　吉田觉得这种事发生得有些频繁，是由于他如今居住在这小村庄里，并且偶尔听说这种事的缘故。自己居住在这村庄的两年里也是一样，他不禁想到，这种事真是无数次发生然后又平息。

　　大约两年前，吉田病情恶化，于是他延长了在东京上学的时间，回到了大阪的家里。对吉田来说，在那里的生活是他第一次有意识地接触社会。可话虽这么说，吉田总是闭门不出，那些知识大抵都是通过家人传到吉田耳朵里的。通过刚才别人推荐给他的杂货店家的女儿吃的青鳉这种治肺病的药，吉田可以了解到人们在和这种病战斗时的绝望。

起初当吉田还是学生的时候，那时他回到家里休假。一回到家，母亲就问他要不要尝尝人脑烧①，吉田听了非常厌恶。母亲用一种算不上胆战心惊的奇怪的语调说出来的时候，吉田不知道母亲到底是不是认真的，心情觉得奇怪，多次回看母亲的脸。那是因为吉田一直相信母亲不是说那种话的人，一想到母亲说了那种话，就会莫名其妙地产生一种不可靠的感觉。而且当吉田知道母亲从推荐人那里已经拿到了一点时，就完全变成了厌恶。

据母亲说，有一个女人来卖蔬菜，在她聊天的过程中就说起了那个肺病特效药的事情。那个女人的弟弟就是患了肺病死了。然后在村里的火葬场焚烧完毕之后，寺里的和尚跟在她身后对她说："人脑烧是治这个病的药，看你也是个热心帮助别人的人，就拿着它吧，以后遇到了这个病恶化的人就分给他一些。"他说罢，就把它递给了那个女人。

听了这段话，吉田眼前浮现出了那个女人不治而死的弟弟、站在火葬场的预备埋葬骨灰的姐姐，还有那个说是和尚但总觉得不靠谱的男人说着那种话，拨弄着烧剩的残骨的情景。那个女人相信了

①烧，即黑烧，中国古代民间药的一种制作方法。将动植物放在土罐里蒸烧成黑色。江户时期的元禄、享保年间传入日本。

那些话，并且一直随身携带不是别的而是自己的弟弟的大脑烧，然后遇到因为患这种病的人就想要分享的心情，吉田实在难以忍受。而且母亲明知他不会吃那些东西，居然还收下，接下来究竟要怎么做，吉田认为母亲做了一件无法挽回又令人讨厌的事情。就连在一旁一直听着的吉田的幺弟也说："妈妈，以后不要再说那种事了，太讨厌了。"他说罢，事情变得滑稽起来。不过总算是告一段落了。

回到这个城镇来，过了一阵子吉田又被人推荐要不要尝试一下上吊的绳子，"虽然你可能认为这有点愚蠢"。推荐人是大和的一个漆匠，他还给吉田讲述了那绳子到手的整个过程。

据说城镇里有一个鳏夫，是个肺病患者。他的病情很严重，基本上没有人给他治疗，被抛弃在一间破房子里，终于熬到了最近上吊死了。他生前借了很多钱，死后许多债权人闻讯而来，于是房东把这些人聚集起来，把他的财产都竞卖了。可是他的遗物里出价最高的就是他上吊用的绳子，绳子被分开卖掉了。房东不光用那笔钱给他办了简单的葬礼，还把滞交的房款都收了回来。

吉田听了这个故事，感觉那些相信迷信的人是无知且愚蠢的。可转念一想，人类的无知不过是程度上的差别而已，这样一来除去愚蠢剩下的就是那些人对肺病治疗的绝望，还有病人们无论如何都想得到自己在变好这样的暗示。

前一年母亲因重病住院，吉田也跟着一起去了。那时吉田在医院的食堂心不在焉地吃完饭后，正在呆呆地望着映在窗户上的风景，突然眼前出现了一张脸，用非常压迫而有力的声音说："来看心脏吗？"

在他耳边说话的是一个女人。吉田一惊，看着那女人的脸，发现她是被雇来照顾病人的女护工。女护理每天都不一样，但是那个女人在那段时间里经常说一些心怀恶意的玩笑话，把其他女护工聚集到食堂来。

吉田被她这样突然问到，不明白是什么意思，盯着她的脸愣了一下，随即回应道："哦，原来是这样。"吉田明白过来，原来自己在眺望庭院之前咳嗽了，然后她误以为自己是咳嗽之后看向庭院的，于是推测他肯定是来看心脏的。吉田根据自己的经验也知道，咳嗽会突然加快心脏的跳动。吉田明白原委之后才开始向她否认，然而那个女人根本不管吉田说了什么，兀自一动不动凝视着吉田，用近乎威胁的口吻强硬地说道："我告诉你一种对那种病有效的药吧！"吉田因被一次两次当成有"那种病"的人而感到不快，直截了当地反问了回去，"到底是什么样的药"。然后那个女人又说了一句话，让吉田不再说话了。

"那就算在这里告诉你，在这个医院也是行不通的。"

那女人用严肃的语气反复吊人胃口，她所说的那个药是将抓来的老鼠幼崽放进不挂釉的土陶壶里蒸烤制成的鼠崽烧，只要吃非常少量，"不到一只的量"就会痊愈。而且在说到"不到一只的量"的时候她还用可怕的表情睥睨着吉田。吉田听她这么一说，完全被她控制了。但是通过那女人对自己的咳嗽之敏感和考虑到药的这两点，吉田可以想象她在做女护理的同时还在推销药物，一定是她的亲人得过这种病的缘故吧。而且吉田来到医院后，留下最深刻印象的就是这一群寂寞的女护工。她们不是单单因为生活的需要，而是死了丈夫，或者年纪大了而没有人来赡养之类的缘故，吉田从她们的身上观察到了某种人生不幸的烙印。或许这个女人也是因为亲人患了那种病死了之后才来做女护工的，吉田当时突然这样想到。

吉田因为生病的缘故，偶尔会通过这样的方式直接接触社会，这也是他接触社会的唯一方法。虽然他接触到的那些人都是看出他患了肺病才来接近他的。在医院的那一个月里，他又遇上别的事情。

一天，吉田去医院附近的市场给病人买东西。在市场买完东西往回走时，路上站着一个女人，那女人目不转睛地盯着吉田的脸，靠了过来：

"您好，不好意思……"

她这样叫住了吉田。吉田心想不知道是什么事，于是回头向那女人看去，心想大概是她认错了人。街上常会发生这种事，通常双方都会在好印象中分开。这时的吉田也是以一种善意的态度在等那女人接下来要说的话。

"您是不是得了肺病？"

突然被别人这样说，吉田感到非常震惊。但是对于吉田来说这并不是稀奇的事情。他在心里想确实有人会问没礼貌的问题，不过从她专心盯着吉田看的那多少缺乏知性的表情中，产生了一种接下来会不会跳出什么人生大事件的心情。

"嗯，确实生病了，怎么了吗？"

他说罢，那女人突然毫无顾忌地说出了下面的话——那种病是凭医生和药治不好的，到底还是没有信仰的话到最后还是无法得救，我丈夫以前也是因肺病而死，后来我也得了同样的病，于是开始信教，并最终痊愈了。所以你最好也信教，然后治好那种病——

她娓娓道来这些话。其间，吉田不由得关注起她的脸，而不是她说的话。她看着吉田捉摸不透的表情，猜测了许多吉田的想法，并且十分执拗地继续说那些话。并且终于在对话转变成后面的内容时，吉田全都明白了。那女人自己经营着一家天理教的教会，她从腰带的缝隙里拿出来一张橡皮印刷机印制的说不上是名片的寒酸纸片，上面有地址。她开始游说吉田一定要去那里听大家聊天，并且还能做祷告。正巧这时一辆汽车驶来，摁响了嘟嘟的喇叭声。吉田早就注意到了那辆车，他希望和那女人赶快结束对话，然后靠向路旁，那女人好像完全没有注意到汽车的喇叭声，而是因吉田对自己的注意力变弱而急躁起来，继续试着游说，汽车终于不得不在路上停了下来。吉田觉得对方这样做自己很没面子，便催促她靠到路边，可那女人并没有注意到其他，从刚才的"你一定要来教会"突然话题一转成了"我现在就要回去，你也一起来吧"。吉田以自己有事表示了拒绝后，她马上又问吉田住在哪里。吉田模糊地说是"大南边"的地方。吉田想让她知道自己并不想告诉她，可她穷追不舍地又继续问："南边的哪儿，是××吗，还是××？"在她的诱导下，吉田不得不一点一点供出了自己家的町名、几丁目。吉田没有一丁点对那女人撒谎的意思，于是就把自己的住所全都告诉了她。

"哦，二丁目的几号？"当在同一个节奏下被追问到了最后时，吉田听了之后一下就发怒了。吉田突然意识到，如果连说到那种程度的话今后不知还会有什么烦人的事情。与此同时，咄咄逼人地追问的执拗女人的态度突然让吉田感到强烈的压迫感，吉田不耐烦地说："我不会说的。"说完斜眼看着她。女人突然一脸惊愕，看到吉田慌忙缓和了表情后，说了一句"那么日后请一定到教会来"后，向着吉田刚才来的市场的方向走去。吉田本来只是想听完女人的话再委婉地拒绝她，结果不知不觉中被逼问到最后，不由得感觉突然慌张而生气的自己竟也有一点可笑。在阳光明媚的上午的街道上，吉田走着走着，意识到自己像病人一样的难看的脸色，想到自己的郁闷的目光竟有些生气起来。待一回到病房，他就问母亲："我的脸色有那么差吗？"

语毕，他一边拿出镜子看着自己的脸，一边向病床上的母亲讲述来龙去脉。

吉田的母亲说："你觉得只有你一个人这样吗？"然后她讲了自己去市营的公共市场的路上也遇上过几次同样的事情。吉田终于开始明白了。那是教会在努力发展信众，每天早晨那些女人在市场或者医院等人多热闹的场所附近的路上拉开大网，专盯那些脸色不好的人，以对待吉田的同样手段强拉去教会。"什么嘛。"吉田感觉社会远比自己想象的更加充满现实和艰辛。

吉田经常想起一个统计数字——因肺结核而死的人数百分比。根据那项统计，因肺结核而死的一百人中有九十人以上是极度贫困者，上流阶层中只有一个人不到。当然这是"因肺结核而死的人"的统计，并不代表极度贫困者和上流阶层的死亡率。而且虽然在说极度贫困和上流阶层，它们所包括的范围却是不清楚的。不过，这对吉田想象接下来的事情是足够了。

就是说，现在有非常多的肺结核患者在很短的时间内就会死亡。而且那其中能如愿得到最妥善治疗的比率一百个人里连一个都不到，其中九十多个人几乎没有用正经的药就匆匆死去了。

　　吉田到现在为止只是从这统计数字抽象地想出那些，把它和自己经历的事情放在一起思考，想到杂货店的女儿的死，和自己这几周以来遭受的痛苦的时候，不由得模糊想到这些——统计数字里面的九十几个人一定包含了女人、男人、孩子和老人。其中既有人坚强地忍受自己的不如意和病痛，也有很多人难以忍受。但是疾病这种东西绝不是像学校的徒步行军那样可以把弱小的难以忍受的人排除在外，而是无论好汉还是胆小鬼都并列一排，无论本人愿意与否，都被拖拽到死亡这个最后的终点。

不幸

第二稿

腊月的一个寒冷的夜晚。

紧闭的门窗碰撞着，发出嘎嗒嘎嗒的声响，强劲恐怖的风声让母亲非常不安。

那天过了正午，就连冬日那微弱的阳光也不见了踪影。没有下雪。灰色的阴云下宛如削骨后的栎树和橡树，枝叶在寒风中呼呼狂啸。

那是入冬以来第一个寒冷的日子，那寒冷让一位隐忍的母亲都生起了无名之火。她对那不寻常的寒冷感到生气。她知道天气不会因人的意志而发生任何改变。既然如此，她的愤懑之情（原稿缺失）——他们一家在大约半个月前才刚从久住习惯了的大阪搬到这刮着干燥的风和降下霜冻的东京高地上的街区。

丈夫的放荡不羁、贪图美色，酒后发疯让他一直以来积累的地位崩塌殆尽。之后因为他被调到东京的书店工作，又回到了之前的位置。他曾因为同事的中伤而在她的面前大动肝火。然而她对他已经不抱任何期待了。她唯一感到不舍的就是与自己的生父分离。

她的老父亲无论如何都不肯和她们一家人一起搬到东京。因为比起在陌生的地方度过寂寞的余生，他更期望在有更多朋友的大阪走完余生。再加上，他拥有坚定的信仰，要在死后入殓关系亲密的寺院里，在大阪车站的走廊里和带病的老父亲分离时是何其悲凉啊。

丈夫说要出发却不见了踪影，在约好的时间没有出现。送别的人们个个面露难色，寂寞的老人和她都深深地叹息。最后终于赶到的丈夫醉着酒，而且那个曾中伤过他的同事——那个肥胖的男人也和他一起。那个男人也是醉醺醺的，竟然还把艺伎也带来了。彼时，老人在无意义的喧嚷中给他的孙子、小学三年级的清造和七岁的勉送了他买的绘本。她和老人都没有去指责他。她知道老人也在她放荡的丈夫和不幸的婚姻生活中深受折磨。

但是她已经放弃了。她生了第一个孩子洋子，又生了长子敏雄后，已经过去十几年了。其间她一直过着隐忍的生活。长女和长子夭折的时候，她肯定心都碎了，可她还是坚持下来了。她天生是一个秉持妇道、温柔细致、吃苦耐劳，而且意志坚强的主妇。

她上了年纪后生下的清造也已经十岁了，再后来生下的勉也七岁了。哥哥要强，弟弟伶俐。她最关注的就是孩子们的成长。

最让她揪心的是弟弟抱恙的身体。离开大阪时，勉刚从白喉病中痊愈。迁至寒冷的东京后，因霜冻的缘故总是哭泣不止。虽然她嘴上呵斥了勉，可心里还是揪心地痛。

她对寒冷的愤怒是因为她早已放弃，也可能是对于她丈夫的放荡和放荡带来的不幸而生出不满，都通过这严酷的寒冷的苦痛悄悄地表现了出来。

第三稿

在年号从"明治"改成"大正"两三年前，某个腊月的下旬。

那天尤其寒冷。过了正午，就连冬日那微弱的阳光也不见了踪影。没有下雪。灰色的阴云下宛如削骨后的栎树和橡树的枝叶在寒风中呼呼狂啸。

霜解冻后，深深的泥泞上留下行人木屐的痕迹，随即又冻上了。

位于东京高地的住宅区的街道上，平日里行人已经非常稀少，寒风呼啸的夜里更是连一个人都没有了。

紧闭的门窗碰撞着发出嘎嗒嘎嗒的声响，直上云霄，恐怖的风在耳边不间断地尖厉地嘶鸣，在家里等待外出未归的孩子的母亲担心得不得了。

她的两个孩子——十岁的三郎和只有七岁的四郎，在那天午饭后去外面玩耍，直到现在还没有回来。

这是寒冷的一天，因为小儿子四郎刚刚经历了白喉病的缘故，她嘱咐他们要早些回来，可左等右等还是没有回来。

孩子们出门后，她收拾罢碗筷，便缝制起了孩子们正月里要穿的礼服。到了下午三点的下午茶时间，他们没有回来。平时，孩子们就算玩入了神，也一定会在下午茶时间回来拿点吃的，然而今天却没有像往常一样回来，她随即陷入了不安。

由于丈夫工作调动的关系，她们一家人从几代人一直居住的大阪搬到东京生活。刚搬来还不到一个月，所以别说是她，就连比大人更加容易熟悉环境的孩子们也对附近尚不了解。

不仅如此，孩子们甚至有时会因被邻居家的孩子嘲笑为"大阪仔"而向母亲告状。

因此，她非常不解，在这么寒冷的天气，他们到底在哪里、因为玩什么而耽误了回家。

但是那莫名浮躁的不安随着白天阳光的渐弱而认真起来，开始不断地压在她的心上。

她有个习惯，就是在非常担心的时候，腹部会出现一个坚硬的块状物。此时的她感觉到小腹部位的块状物又出现了，她打扫起了煤油灯。风势强劲，因此她比平时更早地关上了门窗，把窗户和窗框之间的钉子插进了洞。她住在这个寂寥的地方后，因为担心失窃而变得小心翼翼。

她从黑漆漆的家里出去，向尚未去过的附近的房子里走去。不是她有什么头绪，只是内心充斥着不安，为了寻找孩子们，她无暇顾及尴尬。她听孩子们谈论过旷野，于是她走向那座虽然在附近却没去过的荒废的宅子。不幸的是，这令她更加不安了。那阴暗的飘荡着轻微石油气味的宅子突然让她生出一股类似于寒冷的恐惧。

她在那里找来找去，仍一筹莫展。流浪的老鼠在那间六叠大的房间的食物旁出现了。

风声更紧迫了，屋顶上传来了好像枯枝掉落的声音。

厨房里，老鼠把味噌汤碗和锅弄出了沓沓沓沓的声音，下水道里传来水滴答滴答落下的声音。她想，这么冷的天气，下水道肯定冻上了。她担心孩子们受寒。

孩子们没有戴帽子，没有围围巾，也没有穿外套。

大病初愈的四郎受了风，好不容易治好的病要是不复发就好了。若是迷路了，年长的三郎要能准确说出位置就好了——她被各种思绪搞得心烦意乱。

在所有的思绪之后，她想到了死的恐怖，随即把这个念头打消了。

她又感觉两个人好像到了家附近，于是走到门口，在寒冷的风中怔怔地站着。

风声犹如鬼哭狼嚎，冻结的路上响起了木屐走过的清脆声音。起初，那声音轻微却锐利地触到了她敏锐的听觉。她摆正了身子坐好。火盆里的火上覆盖的白灰掉落了。

每当那声音靠近，她的期望就会落空。于是，她退而求其次，盼望那是丈夫归来的脚步声，但也落空了。清脆的响声渐行渐远，一阵强劲的风吹后，四周又恢复了夜深中的静谧。

丈夫回来的时间比规定的时间要晚。吊儿郎当的丈夫很少在规定的时间回家，并且惯常的晚酌后心满意足地就寝。

她想，至少要给丈夫的公司打个电话和他商量商量。

还要给他们搬到这里来之前暂住过的品川的若木屋那家旅馆打电话，她心里这样盘算着，出门到附近卖酒和食物的武藏屋借用电话去了。

外面又添了一层寒气。云间硕大的星星发射出强烈青白色光线。

她把脖子缩进粗制滥造的围巾里面，在心里计算着孩子们去那家旅馆玩耍的可能性是百分之一，还是千分之一。同时急忙在冰冻的路上赶路。

她出去还不到五分钟的时间里，那栋宅子里透出了一缕煤油灯的光线，神秘地照亮了周围，钟表的指针显示刚过八点十分。在那附近爬行的黑色影子大概是开始横行的老鼠。

她出去十分钟左右的时候，那栋宅子变得不一样了。

一个看上去五十岁左右、秃顶的和善男人坐在那间充满酒臭的房间里。他的眼神里不是普通的光芒。那里既没有思考，也没有智慧，空虚得仿佛不是真实的人的眼神。

他的面前放有一个折纸箱，箱子的盖子被打开了。里面倒着一个二合酒的壶。酒壶是空的，可他面前的茶碗里盛满了金黄色的液体。

煤油灯更亮了。灯芯右侧抬高，灯罩里附着黑色油烟。灯芯燃烧的样子仿佛要展现出疯子污浊的、鲜红又狂乱的心。

房间里没有了神秘的影子。一种杀气腾腾的气氛像醉酒的心脏一样上下起伏着。

　　他打了一个喷嚏，把一旁一升的酒壶拿到身边，然后颤抖着用力将酒倒入茶碗。

（第二稿　一九二二年）

（第三稿　一九二三年）

冬蝇

　　冬天的苍蝇是什么样的？

　　是步履蹒跚的苍蝇，是手指靠近也不会飞走的苍蝇，是你以为它不会飞结果却飞走的苍蝇。它们究竟在何处丢失了夏天的不可一世和令人厌恶的敏捷？色泽变得不那么鲜明地黝黑，翅膀也萎缩了。肮脏的内脏撑得圆滚滚的肚子也像纸片一样瘦弱纤细。它们以一种颓然衰老的姿势趴在我们没有注意到的寝具上面。

　　从冬天到早春，人们一定会看到一次这样的苍蝇。那就是冬天的苍蝇。我现在要写一篇小说，描写这个冬天栖息在我房间里的它们。

　　一

　　冬天来了，我开始晒太阳。我居住的这家温泉酒店位于溪谷之间，因此不容易有阳光照射。早上，溪谷的风景很晚才会沐浴在阳光下。十点左右，被溪流对面的山体遮挡住的阳光终于闪耀着照到我的窗户上。我打开窗户，抬头仰望，只见在溪流上空，虻虫和蜜蜂的光点忙碌地穿梭交织着。蜘蛛丝发出白色的光，形成一个拱形延伸到很远的地方（蛛丝上面竟然还有小天女！那是骑在蛛丝上面的蜘蛛。它们用这种方式将自己从溪流的此岸运送到彼岸的）。昆虫，昆虫。虽说是初冬，它们的活动范围仿佛编织了天空。阳光染上了栎树的枝头，随即枝头上面有白色的水蒸气一样的东西袅袅飞升。莫非是霜化了？融化了的霜在蒸发吗？不，那是昆虫。宛如微粒子似的小飞虫们成群结队地盘旋，恰好阳光照在了它们身上。

我在敞开的窗户前半裸着身体晒太阳，一边还眺望着如内湾一样热闹非凡的溪流上空。这时，它们来了。它们从我的房间天花板飞下来。在背阴处无精打采的它们到了向阳处如同苏醒了一半，活力四射。时而停留在我的小腿上，时而举起两脚作搔腋下状，时而搓着双手，当我猜测它们的动作时，它们突然颤颤巍巍地飞起来，来来回回。看着阳光下的它们，我对享受阳光的它们充满了怜惜和理解。总之，它们只有在阳光下才会做出一副玩得开心的表情。而且，只要窗户上阳光还在，它们就不会踏出那里一步。直到太阳西沉落山，它们会一直在阳光下玩耍。虻虫和蜜蜂它们活泼地来回飞，从不飞到外面去。不知为何它们好像在效仿我这个病人的做法。不过这是多么可叹的"求生欲"啊！它们在阳光下也不忘交配，纵然离死亡已经不远。

我晒太阳的时候，观察它们是我每日的必修课。出于些许的好奇心和一种熟识的感情，我并不想将它们弄死。而且这时节也不会出现夏天才会出现的凶猛的捕蝇蛛。因此它们完全没有外敌，可以说是非常安全了。即使如此，它们每天还会有两只同伴死去。那并不为别的，正是我的牛奶瓶。我喝完牛奶后就会随手把瓶子放在太阳下。于是每天就像固定好了一样会有几只家伙进去，却无法出来。它们拖着沾有瓶子内侧牛奶的身体向上攀爬，可力量甚微的它们无论如何努力，中途都会坠落。我有时在观察它们的时候，刚在心里想"该坠落了"的时候，苍蝇就一动不动了，仿佛在说"啊，要掉下去了"。然后果不其然就会坠落。看着眼前的一幕并不残酷。不过我处于倦怠，也确实没有想要帮助它们的想法。它们就那样被女佣拎走。我甚至不用提醒她盖上瓶盖。因此隔天就会有另一只苍蝇重复同样的事。

苍蝇与晒太阳的男人——此刻诸君的眼前一定浮现出了这样一幅画面。写完晒太阳后，我打算再描写另一个画面——晒着太阳却憎恶太阳的男人。

我住在这里已经是第二个冬天了。不是因为我喜欢而住在这山间的。我想赶快回到都市里去。可无论我多么想要返回城市，我在这里也已经过了两个冬天。无论何时，我的"疲劳"都不将我解放。我每每想起城市，我的"疲劳"就会描绘出一副充满绝望的市井图，而且从不曾发生改变。我第一次下定决心返回城市的日期早已过去，如今已无影无踪。我即便晒着太阳，不，是只要晒着太阳，脑海里就只剩对太阳的憎恶。最后太阳不会让我活下去的，却以令人迷醉的生之幻象来欺骗我的太阳。哦，我的太阳！我对太阳感到生气，就像丑陋的爱情。裘皮似的外衣反而像紧身衣一样束缚和压迫着我。我像个疯子一样，不堪苦闷而欲将它撕裂，我只想要从会杀死我的严寒中获得自由。

这样的感情给我晒太阳的身体带来了生理变化——沸腾的血液循环，还有随之麻痹的头脑——确实有这个原因。它带给我的快感缓解了我内心尖锐的悲伤，使我心生暖意并且心情舒畅，可同时又带给了我极其沉重的不快。这种不快会将我这个晒完太阳后带有难以言说的、虚无的、疲惫的病人打倒，恐怕对这不快的嫌恶才是我对太阳憎恶的根源。

然而我憎恶的根源不止于此，太阳赋予景色的效果——眼镜能看到的效果——也形成了憎恶。

我最后一次在城市里的时候——临近冬至——我每天都对窗户的风景中日渐消失的阴影感到惋惜。我眺望着遮蔽风景的阴影，心中如墨汁一样翻涌而出悔恨和焦虑的情绪。然后被想要看落日的心情驱使着匆忙赶到向晚的街道上徘徊。如今的我已不再留恋。我不否定阳光直射下的风景所象征的幸福，只是这种幸福伤害了我。我恨它。

溪流对面的杉树林覆盖了山腹。我经常能通过那片杉树林感受到太阳光线的欺瞒。白天太阳普照的时候，那片杉树林看上去就只是一片杂乱无章的杉树堆积而成。到了傍晚，光线变为反射光，杉树林明显有了远近的层次感。每棵杉树都露出一股不可侵犯的威严，森然耸立，肃然沉静。白天感觉不到的空间到了傍晚就能在杉树间想象到。溪边的栎树和米槠常绿树之间，有一株枯败的落叶树上挂着一个红色的果实。那颜色在白天看起来就像蒙了一层白灰一样死气沉沉，到了傍晚就会呈现出抓人眼球的鲜艳光泽。本来一样

152

事物就不是只有一种颜色，所以我也不能说是"隐瞒"。但是直射光线却是有偏差的，一个事物的颜色会打破周围颜色的和谐。不止如此，还有全反射。背阴处和向阳处比起来就是黑暗。这是多么复杂的组合啊。所有的一切景色都是太阳光制作出来的。那里存在着感情的放松、神经的麻痹，还有理性的隐瞒。这也是它所象征的幸福的含义。大概人世间的幸福都存在于此条件之上。

和过去正相反，对于给溪谷间带来寒冷和沉沦的傍晚——短暂在地上驻足的黄昏的严格的规则——我一直在等待。太阳从地平线上落下之后，路上的水洼反射着天空的光线，呈现出一片白色。即使人在其中感觉不到幸福，那风景却能清洁我的双眸，澄澈我的心灵。

"俗不可耐的阳光！快点消失吧！无论你给了风景多少爱，给了冬天的苍蝇多少生机，却只会愚弄我。我唾弃你的弟子户外光线。我下次见到医生要提出抗议。"

我晒着太阳，憎恶越来越强烈。然而这是多么可叹的"求生欲"啊。在阳光下的苍蝇永远不会抛弃它们的快乐。瓶中的家伙也永远在重复着攀登、坠落，攀登、坠落。

太阳终于落山了，隐藏到了高大的米槠常绿树的后面，直射光线变成了慵懒的衍射光线。他们的影子和我的小腿的影子都呈现出了不可思议的鲜艳光泽。我裹着棉袍，关上了玻璃窗。

午后，我决定看书。它们又飞来了。它们在我看的书旁飞来飞去，我翻书的时候经常会把它们夹在书页里。它们竟然逃跑得那么慢。逃得慢也就算了，纸张那么轻的重量下，它们都像被房梁压着肚皮一样朝上拼命挣扎。我不打算杀掉它们。于是就在这种时候——尤其是吃饭的时候，它们孱弱的腿脚给我带来了麻烦。当它们来到食物旁边时，我必须拿着筷子慢慢地将它们赶走。否则，它们就会污染筷子头，或者干脆就会压倒它们，甚至还有的直接被筷子弹到了汤里。

最后一天晚上见到它们的时候，我正躺在床上。它们都贴在天花板上，一动不动地死一般地贴在那里。——但是只要它们置身于太阳光下，感觉死了的苍蝇也会活过来玩耍嬉闹。有时地板上会掉落着蒙了灰尘的苍蝇尸体，它们已经死去数日，内脏都干了，它们到了阳光下还是会活过来。不，事实上这种事情真实存在——这样一想，好像就能完全理解了。它们现在就一动不动地待在天花板上，就像真的死了一样。

我躺在枕头上，眺望着天花板上近乎错觉的苍蝇们，我的心中总是会弥漫着深夜的寂寥。寒冬溪谷间的旅馆里，除了我没有其他人投宿。其他房间的灯都不亮。夜深后，我更感觉自己身处一片废墟之中。我在荒芜的幻想中，眼前会浮现出一个鲜明到令人恐惧的画面。那是一个溪边的浴池，带着深夜里大海的芬芳，池里充满了清澈见底的热水。这个情景越发让我感到废墟一般的心情。——看着天花板上的苍蝇，我的心里对深夜又多了一分感受。我的心潜入了夜的深处。那里只有一个房间亮着灯，那是我的房间——它们还停留在天花板上，像死了一样一动不动。孤独与我相伴，回到了我的房间。

火盆里火势渐弱，玻璃床上面凝结的雾气从上面开始渐渐消失。床上的花纹里，我看到了有类似于鱼卵的忧郁的形状。去年冬

154

天，消失的水蒸气不知不觉就刻画了这样的花纹。地板一角堆放着几个蒙了一层薄薄灰尘的空药瓶。倦怠、守旧。我的抑郁恐怕传染给了在我房间里栖息的冬天的苍蝇。这一切什么时候才会结束呢?

我经常为这些事烦恼，夜不能寐。睡不着的时候，我就会想象军舰入水的情形，然后思考《小仓百人一首》中每一首和歌的意思。最后幻想所有能想到的残忍的自杀方法，慢慢地就会产生睡意。这空旷的溪间旅馆的一个房间。天花板上贴着如死了一般一动不动的苍蝇的一个房间。

二

那天是一个晴朗温暖的日子。午后我到村里的邮局寄信。我走累了。一想到之后还要沿着溪谷走三四条街才能回到住处，我就退缩了。这时一辆客车驶来。我一看到它就不自觉地抬起了手，然后搭上了车。

这客车一看就是通往村庄的车。乘客在昏暗的车厢里都不约而同地目视前方，满当当的货物被人们用麻绳绑在车体上，甚至都推到了挡泥板和台阶上。——这些特征都表明这辆客车要驶上一条上十一公里再下十一公里的山路，然后再行驶四十三公里到达半岛南端的港口。我上了这样一辆车。我仿佛一名不合时宜的旅客。我只不过是走到村里的邮局走累了而已。

太阳西沉。我没有任何感想。只是随着客车的摇晃，我的疲劳好像消散了一些似的非常舒服。村民们用背篓背着货物下山，有几个我熟知的面孔几次与客车中的我擦肩而过。那时我渐渐对"意识漫步"产生了兴趣。然后，我的疲劳变成了其他东西。过了一会儿就不见村民们了。客车在树林中盘旋。太阳下山了。溪谷的声音渐行渐远，古老的杉树林廊绵延不绝。山里阴冷的气息沁入肌肤。客车把我载到了高高的空中，仿佛女巫骑着的扫帚。客车究竟要带我去哪里呢？驶出山中隧道后，便是半岛的南部。我返回村庄和去附近的温泉都是十一公里的下山路。到这里后，我请司机停车下了车，然后沿着傍晚山间的小路下山而去。我为什么这样做？我的疲劳知道原因。我把自己孤单地遗弃在这远离人烟的山中，我觉得很是有趣。

松鸦好几次飞到我的身边，我感到愕然。道路昏暗且曲折，无论怎么走都看不到方向。就这样天黑了，我的内心充满了不安。松鸦好几次飞到我近旁，用巨大的身体恐吓我，然后又掠过树叶凋零的榉树和橡树的枝丫向远方飞去。

最后我终于走到了山谷。杉树林在遥远的山上像细胞一样郁郁葱葱地生长着。多么巨大雄伟的山谷啊！远方的雾霭中挂着一道道无声静止的小瀑布。令人目眩的谷底架着一道粗圆木组合而成的栈道，发出冷冽的白光。太阳沉到对面的山脊后面去了。肃静笼罩着整个山谷。没有任何动作，也听不到任何声音。这静谧的气氛恍如身处梦境，溪谷的景色更是充满了梦幻色彩。

"在这里坐等夜色降临，是多么奢华的不安啊。"我这样想道。可是旅馆对这一切毫不知情，为我做好了晚餐在等我回去。我不知道今夜将去哪里。

我想起了我那忧郁的房间。在那里的时候，每到晚餐时间我都会因为发烧而感到困扰。我和衣钻入被窝，可还是很冷。我在严寒中打着寒战，头脑中想象着浴池。"要是现在能泡进浴池该有多好啊。"我走下台阶，向浴池走去。可是想象中的我绝对不会脱掉衣服的。我穿着衣服浸入浴池的水里。我的身体后来没有了支撑，噗噗噗地沉到了池底，像一具溺水的尸体躺在那里。我总是幻想着这样的情形，在被窝里等待满潮一般的严寒退去。

四周渐渐变暗。太阳落山后，星星出来了，发出清晰可见的如水一般的光芒。冻僵的手指尖夹着的香烟闪烁的火光给黑暗增添了一丝色彩。火光在一片广漠的黑暗中显得那么孤单。除了这一点光亮，就什么都看不见了，整个山谷彻底陷入黑暗之中。寒气慢慢钻进了我的身体，抵达了平时到不了的深处。我两手插袖也毫不起作用。终于，黑暗和寒冷使我产生了勇气。我不知不觉暗暗下定决心要走到十一公里之外的温泉去。紧逼而来的绝望给我的内心招致来了残酷的欲望。疲劳和倦怠一旦变成了那样的东西，最后我只能沦为它的牺牲品。四周完全被黑暗吞噬了，我终于站起身来。一种不同于有光亮时的感觉笼罩着我。

我在山间阴冷的黑暗中向前行进，身体一点都没有变暖。有时我还能感觉到轻轻划过脸颊的空气。起初我以为是自己身体发烧的缘故，或者在饥寒的天气中身体出了问题。可是走着走着，我才发现那是白天太阳残留的余热。于是，我开始认为在冰冷的黑暗中也能清晰可见白昼的阳光。没有一点光亮的黑暗让我产生了异样的感觉。那就是我有理由相信，有了灯，或者处于灯光下，拥有文明的人类才开始理解黑夜。虽然深处彻底的黑暗之中，可我感觉和白昼别无二致。星光闪烁的夜空是深蓝色。分辨道路的方法也和白昼没有什么区别。路上散落着的白昼的余温更让我有了这种感觉。

我的后面突然传来一阵类似风的声响。一束光唰地照了过来，路上的小石子投下了牙齿一样的影子。一辆汽车完全没有注意到为它避让的我，从我身边驶过了。我怔怔地发呆了好一阵。不久汽车就驶向了那条崎岖的小路。那汽车看起来不像在行驶，更像一团带着头灯的黑暗向前方涌去。那情景像梦一样消失之后，又被冰冷的黑暗包围起来，腹中空空的我抱着一腔对黑暗的热情踏上了去路。

"多么令人痛苦绝望的风景啊！我行走在我的命运周围。这就是我的心象风景，在这里我仿佛置身于阳光之中，丝毫感受不到它的隐瞒。我的神经奔向黑暗的前路，带着坚定不移的意志。这太令人心情愉快了！诅咒似的黑夜，皮开肉绽的严寒。只有置身其中，我的疲劳才能感受到愉悦的紧张和新鲜的战栗。走吧！走吧！一直走到最后！"

我以残酷的方式鞭策着自己。走吧！走吧！走到粉身碎骨！

那天晚上很晚的时候我终于站在了位于半岛南端的港口码头前，我累极了。我喝了酒。我的心沉静如水，一点都没有醉。

空气中弥漫着浓烈的沥青和油的气味，还混合着潮水的腥味。缆绳像船睡觉时的呼吸，让它沉睡；安静的波浪哗哗地拍打着船舷，那声音仿佛从黑暗中的水面上传来。

"××先生在吗？"

岸上一个娇媚的女声呼喊着，划破了安静的空气。一艘承载百余吨货物的汽船上亮着昏昏欲睡的灯光，船尾的方向传来一声模糊的应答。那里有一辆笨重的巴士。

"在不在嘛，××先生？"

那女人应该是专门为港口的船员提供色情服务的。我侧耳倾听巴士里的回应，只听见了和刚才一样意味不明的浑厚的声音，女人最后放弃了拉客离开了港口。

我面朝着安静熟睡中的海港，回想起了那个经历丰富的夜晚。我以为十一公里的山路已经走完，结果怎么走也抵达不了。起初看见了山谷间的发电厂，过了一会儿又看见谷底两三个提着灯笼寒暄的村民。我以为他们也是提灯赶往温泉的人，温泉大概不远。我打起精神走啊走，期待又落空了。好不容易抵达了温泉，和村民一起，把又冷又累的四肢浸泡在公共浴池里时，我的内心产生了一种异样的安心感——那一晚的经历太丰富了，确实符合"回想"这个词。然而还没有结束。填饱肚子，身心放松之后，我内心充斥着的残酷的欲望又驱使我踏上了夜路。我忐忑地向着下一家我从未听说过的且相距八公里的温泉走去。在那条路上我迷了路，不知如何是好，于是蹲在黑暗中。这时一辆夜班车驶来，我叫住了它。后来我改变了计划，来到了这个港口城市。接下来我该去哪儿呢？我好像具有搜寻那种场所的嗅觉，沿着沟渠去了一条花街。几名身上缠着水草的船夫成群结队地调戏那些涂了白粉的女人，跟跟跄跄地走着。我在那条街上来回转了两遍，最后走进了一家。我拖着疲惫的身体喝了温热过的酒，可我没醉。来为我斟酒的女人讲着秋刀鱼船的故事。她有着可媲美船员的健壮的胳膊，看起来健康有活力。另一个女人向我推荐自己，我付给了她钱，问清了港口的位置就走出去了。

我眺望着近海缓缓闪烁的旋转灯塔上的火光，感觉黑夜像一幅漫长的画卷迎来了它的结束。船舷碰撞的声音，缆绳绷紧的声音，昏昏欲睡的灯光，这一切幽暗且静谧，触动了我内心柔软的感伤。我是去找别的住宿，还是回到刚才那个女人的地方呢？不管怎样，我那充满了憎恶的粗暴的内心在这个港口的码头平静了下来。我在那里驻足良久，望着大海上的黑暗，直到那令人厌倦的睡意向我袭来——

我推迟了归期，在港口附近的温泉待了三天左右。明亮的南部大海在我看来，有着粗犷、不修边幅的颜色和味道。再加上，浅薄且不洁的平原很快就让我厌倦了。我知道，我所居住的村庄的景色总是跟随着我。那里山谷和溪流相互争妍，使我的内心无法得到平静，在那里我没有渴望。三天后，为了再次封锁我的内心，我回到了村庄。

三

我几日来身体每况愈下，只得卧床不起。我没有特别后悔的事，只是一想到认识我的人听说了我的情况一定会难受的吧。

有一天，我突然发现我的房间里一只苍蝇都没有了。这件事让我非常震惊。于是我想，大概是我不在的期间，这里既没有人来开窗户，也没有生火给房间取暖，所以它们都被冻死了吧。我认为很有可能。它们是以我安静的生活作为自己生存的条件而活着的。在我逃出这个令人阴郁的房间残忍虐待自己身体期间，它们都死于寒冷和饥饿。我为这件事忧愁了一阵子。我不是为它们的死感到伤心，而是因为意识到了我自己赖以生存且又能将我毁掉的复杂条件的存在。我好像看到了它宽阔的后背。那是一个全新的且伤害我自尊心的幻想。然后这个幻想给我的生活带来了越来越多的阴郁。

冬日

一

冬至将至。从尧房间的窗户向外望去，可见地处低洼的院落和立于大门旁的树木繁叶日渐凋零。

胡麻如同老妇的蓬发般凌乱，樱树经过冬霜的侵袭最后一片叶子也不复存在了，榉树的枝干随风摇曳，透过树的间隙可以看到被遮挡的风景。

这时节晨晓的百舌鸟也不再来。自从有一天数百只铅色的椋鸟飞向屏障一般的橡树林后，霜日益浓重起来。

入冬后尧染上了肺病。当他去铺着落叶的井边的灰泥地洗脸时吐的痰黄绿色中带有血丝，有时还会呈现出鲜艳的血色。尧租住在二楼四叠大的和室，清晨当他起床时，房东家的主妇已经洗完了衣服，井边的灰泥地也已经干燥了，可是地上的痰痕却没有因为水的冲刷而消失。于是尧像捏金鱼崽一样，把它扔到排水管口。他看到血痰已经不会感到惊慌了，可还是会忍不住去凝视冷冽的空气中的那一抹亮色。

尧近来丝毫感觉不到活着的热情，只是一日复一日地重复前一天的生活。并且灵魂似乎逃离了他的身体，他常因为想要逃避的心情而感到焦虑不安——白天打开房间的窗户，只是怔怔地望着外面，像盲人一样对那风景熟视无睹。夜晚，他就像一个聋人一样对屋外的声响或者开水瓶的声音充耳不闻。

冬至将至，十一月的阳光羸弱不堪，每天在他起床之后不到一小时窗外就会黯淡下来。在阴沉的低地上，他的家甚至连个影子都没投下。看到这幅景象，尧心中如墨汁一样的悔恨与焦虑扩散开来。微弱的阳光停驻在低地对面的灰色欧式木屋上，那一刻有一种眼看着远处的地平线上夕阳落下时的悲伤。

冬日的阳光还照在邮箱上。路面上每一块小石头都留下它们自己的影子，仔细一看，每一块小石头都洋溢着埃及金字塔似的巨大的悲伤——此时，低地对面的洋房的墙壁上映出了梧桐树仿若幽灵般的影子。阳光下的尧不知不觉地将豆芽一样细长的手伸向了那灰色的木屋，抚摩到了梧桐树投在墙壁上的奇妙的影子。他每天都以如此空虚的心情敞开窗户观望，直到影子消失。

一天，风景北端的一片橡树林如钢丝一样富有弹性地在风中舞蹈。低地已改变了模样，枯枝败叶唰唰地互相摩擦着，跳着尸骸的舞蹈。

眼看着梧桐的影子就要消失。那里已经看不到阳光，感觉上只留下了影子。并且在山风的吹拂下，向着如沙漠一样有阴影的远方渐渐消失。

尧看到这里，怀着近乎绝望的心情锁上了窗子。耳边只剩下呼唤黑夜的山风在咆哮，时而还能听到某个没有通电的地方玻璃窗破碎的声音。

二

尧收到了母亲的来信。

> 自从延子死后，你爸爸明显老了。你的身体也不好，要多多保重。我们家已经再难承受变故了。
> 近来我时常在半夜突然惊醒，脑子里都是你。一想就更难以入睡，几个小时都睡不着。

尧读罢来信，陷入了一片凄然。隔着万籁俱寂的黑夜，母子两人彼此惦念着对方。此时，一种不祥的律动袭击了他的心脏，他不明白为何母亲难以释怀。

尧的弟弟因患结核性脊髓炎而死，妹妹也因腰椎结核而失去意识。当时的情景，就像是一群昆虫聚集在一只濒死的同伴周围，或悲伤，或哭泣。而且他们二人都在入土之前卧床了一年，最后从白色石膏床上被抬走的。

——为什么医生说"现在的一年就是以后的十年"呢？

尧回想着，当时听到这句话后心中莫名产生了一股尴尬。

——仿佛自己有一个理想，必须要用十年时间才能到达似的。医生为什么不说再过几年我会死掉呢？

尧的脑海中经常浮现出一个情景，即自己失去了现在所具有的意识。

车站设在阴冷的石头建筑官署前的路上，尧在那里候车。直接回家还是去喧闹的街上？他在犹豫，最终也没作出决定。而且，电车左等右等就是不来。建筑物压抑的阴影、光秃的排排树、稀疏的街灯的透视图——远处的交叉路口时而会驶过一辆水族馆一样的电车。风景瞬间变得七零八落，身处其中的他感受到了一种强烈的灭形①。

年幼的尧曾将困在捕鼠装置里的老鼠拿去河边淹溺。金丝网里的老鼠在透明的水中来回乱窜，看上去就像在空中一样。最后，老鼠的鼻子插在了一个网眼里，它一动不动，只有白色的气泡从嘴里冒出来……

五六年前，在自己被宣告不治后，尧每天只是怀着一种淡然的悲伤度日。而渐渐地当他意识到这一事实后，对于摄取营养而进食的美味的喜爱、对于静养带来的安逸和怯懦夺去了他活下去的意志。然而他也曾几次反复调整心态，直面生活。可是在他的思索和行动之间不知不觉地出现了虚伪的回响，最终因失去了润滑而凝固下来。——他眼前出现了这样的景象。

很多人在出现某种征兆之后，会经历一个等死的过程，最后走向死亡。如今他的身上出现了同样的征兆。

---

① "灭形"是作者自己创造的词，顾名思义有"解构的""幻灭的"之意。后来这个词常被后代作家开高健、山田丰太郎等人使用。

当近代科学的一位使徒第一次告知尧这一事实的时候，他没有拒绝的权利，只是在心里不接受那不吉的令他厌恶的名称。如今的他已不再拒绝，他明白那白色的石膏床是为他而准备的，供他在埋入黑土之前的若干年里使用。在那张床上，他甚至不能辗转反侧。

夜深了，尧听见了更夫敲打梆子的声音，于是在充满郁闷的心底里私语：

"晚安，妈妈。"

梆子的声音在坡多宅密的尧家附近微妙地变换着，使他依稀能感觉到更夫行进的方向。远处传来不知是谁家的犬吠声，他还以为那是肺发出的咯吱声——尧仿佛看到了更夫的身影和熟睡中的母亲的身影，于是他又在愈加郁闷的心底里私语：

"晚安，妈妈。"

三

尧打扫完房间后打开窗户，躺在藤椅上休息。这时突然传来了的树莺啾啾的啼鸣，透过长满莙草的篱笆墙，隐约可见躲在阴影里啼鸣的树莺。

啾啾。尧拱起脖子，一边嘴里模仿着树莺的啼鸣，一边注视着树莺的举动——尧曾在家里饲养过金丝雀。

上午和煦的阳光洒在树叶上。树莺被尧的叫声迷惑了，却和金丝雀一样并没有表现出细微的表情变化。树莺吃得胖乎乎的，像是穿了马甲。尧停止学树莺的叫声，树莺竟冷漠地穿过篱笆墙脚飞走了。

低地的另一侧，可以看到一座面临山谷、日照充足的华族①家庭院。枯黄的细叶结缕草②草坪上晾晒着红色的被褥——尧好不容易起了大早，上午的时光令他陶醉。

尧观赏了一阵散落在屋顶上的褐色枯叶、醒目的爬墙虎鲜亮的红色果实后，走出了房门。

银杏树的叶子黄透了，在无风的蓝天伸展开来。树静静地盘踞在斑驳的阴影中。贴着白色装饰砖的一堵矮长的墙凸显出了冬天清冽的空气。一位老妇人背着小孙子从墙下缓缓走过。

尧沿着一段长长的坡道向邮局走去。洒满阳光的邮局门庭若市，大家都在享受早上的清新空气。尧发现自己已经许久没有接触这样的空气了。

尧悠然自得地走在一条狭窄的坡道上。路边盛开着茶梅和八角金盘的花。十二月里还有蝴蝶飞来飞去，尧对此感到惊诧不已。蝴蝶飞走后，虻虫在阳光下披着光芒在空气中来回穿梭。

"真是傻傻的幸福。"尧心想。然后继续在令人昏昏欲睡的阳光下弓身前行。距离他所在的阳光下稍远的地方，一群四五岁的小男孩和小女孩正在玩耍。

尧心想着不会被看到吧，接着往浅浅的水洼里吐了一口痰。然后他向孩子们走去。发现有的女孩很调皮，而有的男孩却很老实。路面上有孩子们用石墨画的歪歪扭扭的线。尧忽然觉得这个景象在

---

①日本于明治维新至二战结束之间存在的贵族阶层，于1947年5月3日正式被废除。

②细叶结缕草是一种常见的禾草，在中国大陆被称作台湾草，但在中国台湾和日本被称作高丽草。

哪里见到过，他的心猛地动摇了。漫不经心的虻虫突然飞向了尧的过去，飞到了那个晴朗的腊月上午。

尧看到了虻虫，看到了茶梅，看到了在凋落的花瓣中玩耍的小孩子。——那是一个难得的上午，他忘了带习字的和纸，于是向老师请假急忙回家去取，学生们都在上课的时候他走在这条路上。若在平时，他是不会去看周围的，因此对他来说那是神圣无比的时刻。尧这样想着，脸上露出了微笑。

下午的太阳和往常一样西斜，回忆令尧悲伤。儿时的旧照片中残存的微弱阳光依然普照着万物。

没有未来的人如何能享受回忆？如今的自己还能在未来回忆今天早上的明媚阳光吗？不过这也没什么大不了的，俄罗斯贵族下午两点吃早餐已成为他们的生活习惯就是一个很好的例子……

他再次沿着长长的坡道向邮局走去。

"今天早上的明信片，我改变主意不寄了，请取消我拜托您的事吧。"

今天早上，他有了一个念头，想要在温暖的海岸度过今年冬天，于是他委托住在海边的朋友帮忙找一间房屋。

他感到精疲力竭，下坡时气喘吁吁。在上午的阳光中，银杏树的枝叶安静地风姿绰约，然而过去了大半天后竟被寒风吹得孤枝败叶。落叶点亮了缺乏光照的路面。他对那些落叶产生了一丝怜惜。

尧走到了自家旁的斜坡，他的家就位于连着斜坡的崖边。他每日从房间里远眺的风景此刻被寒风吹得凌乱不堪。天空上暗云涌动，天空之下一户没有通电的人家的二楼房门已经上了锁。木门暴露在外，经历了风吹雨晒的洗礼。——尧一阵感动，驻足遥望。旁边就是他所住的房子。尧以一种与之前不同的全新的心情开始眺望起眼前的景色来。

没有通电却早早紧锁了房门，那栋房屋的二楼木门上裸露的纹路，不禁给尧的心上平添了一层无依无靠的旅情。

——没有食物，也无处栖身。夜已来临，这异地他乡早已将自己拒之门外。——这样的忧愁，仿佛就是他所处的现实，正笼罩着他的心。方才的回忆也让他迷惘自己是否曾经经历过，一种怪诞的愉悦让他悲切。

为什么会产生这样的幻想？为什么这幻想令自己如此悲伤，为什么它在召唤自己？尧朦胧中好像知道了原因。

烤肉的香气夹杂在黄昏冷冽的气息中而来。一个刚结束了一天工作的木匠模样的人轻轻喘息着，匆匆走上斜坡，从尧的身边擦肩而过。

"我的房间在那儿。"

尧在心里想道，并且注视着自己的房间。被薄暮笼罩的房屋此刻在无边无际的风景面前像以太一样虚无，毫无力量。

"那是我喜爱的房间。我喜欢住在那里。那里有我全部的家当——甚至包含了我每一天的生活情感。以至于若我在这里呼喊，那里的幽灵可能会打开窗户探出头来。不过，也许我脱在屋里的棉袍里不知何时又出现了一个我。我这样凝视着那没有感觉的屋瓦和玻璃窗，渐渐感觉自己像极了一名过客。那没有感觉的环境中一定隐藏着正在企图自杀的人。——虽说如此，即使方才的幻想在召唤我，我也不能听从它从这里离开。"

要是早些通电就好了。如果那扇磨砂的玻璃窗里透出黄色的灯光，那么我这个过客就能在心中想象房间里的人感恩自己被赋予了生命。那样一来，或许我身体里就会迸发出相信幸福的力量吧。"

尧在路上驻足，耳边传来楼下的座钟铛铛……的报时声。"奇怪的声音"，他这样想着，慢慢地走下坡去。

四

风吹落了街道旁树上的叶子，也吹散了路面的落叶，风声也马上变得不同了。到了晚上，街道上的柏油路面如同铅笔的石墨一样放出寒光。这天晚上，尧离开自己居住的安静街区前往银座。因那里正在举办热闹的圣诞节和岁末的促销活动。

人们在街道上大都结伴而行，跟朋友，或恋人，或家人。独行的人从其神态上也能看出和朋友约了见面。即使真的是独行的人，只要有钱，这个物欲横流的市场也不会对他们臭脸相向。

"我来这银座大街上来干什么呢？"

尧经常觉得逛街只会迅速让他疲劳。每当这时，他就会回想起曾经乘坐电车时遇见的少女。

那少女面带礼貌的微笑，手抓着吊环站在他的座位前。她身穿的和服不像普通人穿的棉袍，领口处露出艺伎似的脖颈——看到那美丽的容颜，感觉她抱恙在身——陶瓷一样白皙的皮肤上覆着一层茂密的汗毛。鼻翼两侧还沾着污垢。

“她一定是从病床上跑出来的。”

尧看着少女脸上如涟漪一般时而泛出微笑时而沉静的面庞如此想道。她为什么擦鼻子？少女那时的脸色如同拭去了灰尘的暖炉一样呈现出了短暂的血色。

尧在脑海里回想着少女的形象，慢慢产生了惋惜之情，再加上身体的疲惫，他想吐痰，但在银座大街上找不到合适的地方，犹如格林童话中一开口就会从嘴里跳出青蛙的女孩。

恰在此时，他看到一个男人吐了一口痰，然后若无其事地用破旧的木屐抹去了。不过那抹去痰痕的木屐不是他穿在脚上的。路边有一个老人，在地上铺了席子叫卖马口铁做的陀螺。老人见此情景怒气浮上脸庞，把那只木屐盖在席子边上的另一处痰痕上。

“大家都看到了吧。”尧抱着这样的念头张望过往的行人，然而好像谁都没有注意到。老人坐着的位置是很容易被看到的，即便不够显眼，老人出售的陀螺也绝不是乡下的杂货店那种地方出售的陈腐的东西，可是尧却没有发现有人来购买。

“我为什么要来这里？”

为了回答自己这个问题，他买了咖啡、黄油、面包和笔，还买了贵到离谱的法国香料。间或到街边的露天餐厅坐一坐，直到餐厅打烊。在餐厅里享受暖炉的温暖，欣赏着钢琴三重奏，听着周围客人举着玻璃杯碰杯的声音。情人顾盼生辉的眼神，客人脸上流露出的笑容，餐厅的天井还有几只冬天的苍蝇忧伤地飞着。尧漫不经心地注视着眼前的一切。

“我为什么要来这里？”

走到街上，干冷的风中鲜有行人。夜深了，那些曾发到行人手中的广告单不可思议地被风吹到街道的角落去了，吐在地上的痰很快冻成了冰块，地面上掉落着木屐上的金属片。这样晚了，他必须回去了。

"我为什么要来这里？"

一定是他内心仍然留恋旧时的生活。尧觉得再过不久自己可能就来不了了。尧筋疲力尽地这样想道。

他在房间里能感觉到的黑夜，不是昨晚和前晚，恐怕也不是下一夜，仿佛医院走廊一样长长的夜。那样的话，旧时的生活就会在死寂的空气中戛然而止。思想不过是掩埋书架的墙灰。墙上悬挂着的活动星图的指针停在十月二十几日凌晨三点，上面还蒙了一层灰。半夜，他起身如厕，透过厕所的小窗，他看见屋瓦上有霜，像月光一样。每当看到这情景，他的心就感觉啪的一下被照亮了。

离开了硬邦邦的床铺，始于下午的一天等待着他。冬日的斜阳如幻灯一样投下窗外景色的影子，这就是他的一天。在这种不可思议的阳光中一切都渐渐变成了假象，这假象越发让他体会到精神上的美。枇杷树开花了，远处的阳光下可见其橙色的果实。初冬的冷雨已经变成米雪，掠过屋檐。

米雪纷纷落在黑色的屋瓦上，又咕噜咕噜地滚到地面。他听见了米雪敲打白铁皮屋脊的声音，掉落在八角金盘树叶上的声音，没入枯草中的声音，最终唰地一下降临人间的声音。这时，从远处的宅第传来了鹤的啼鸣，叫声划破了冬天的白色面纱。尧感受到了一种全新的喜悦。他倚在窗际，回想着狂风依旧的旧时岁月。但他不敢任由那狂风吹拂自己的身体。

五

　　不知不觉中，冬至已经过去了。一天，尧来到此前居住过的街区，进了那家久未光顾的当铺。因为手头有了钱，于是前来赎回冬天的外套，可去了之后发现外套已经过了典当期限。

　　"什么时候到期的？"

　　"这个嘛……"

　　小伙计说着翻阅起账簿来。许久不见，他已完全出落成个大人了。

　　掌柜滔滔不绝地回应尧的诉求，尧觉得他表情怪异，有时遮遮掩掩，有时又表现得从容不迫。尧从没有像今天这样猜不透一个人的表情。更何况这位可是经常跟他说客气话的掌柜。

　　尧听了掌柜的一番喋喋不休，才想起自己曾数次收到过当铺寄来的信函。尧的心里像充满了硫酸一样翻滚起来，他苦涩地想：如果把此时的心情告诉掌柜，他会作何感想？尧像掌柜一样佯装不在意，问清自己还有什么物品和外套一起被当铺处置后，便走出了店。

　　一条消瘦的狗颤抖着丑陋的腰身，在霜化的路边排便。尧虽然因目睹那种丑恶的行径而感到不适，却还是强忍着厌恶之感看着那条狗排完便。在返程的远距离的电车上，他一直控制着自己不致崩溃。下了电车后，他才意识到，自己出门时应该带了蝙蝠伞——可此刻他手上却没有。

他潜意识地不去看那已经驶离的电车。他拖着极度疲惫的身体，在黄昏中回到了住所。那天他上街时咳血了，血痰挂在路边的木槿的根部。尧感到身体在微微地颤抖。——咳出痰后看到那红色的一块，他只觉得自己做了坏事。

又到了下午发烧的时间。冷汗恶心地从腋下渗出。他甚至连外出的衣服都没有脱下，就那样怔怔地坐下了。

突然一阵宛如匕首一样锐利的悲伤从他心中升起。他眼前浮现出接二连三地失去亲人时母亲时而木然的表情，于是他开始默默地哭泣。

到了下楼吃晚饭时，他的心情已经恢复了平静。这时朋友折田前来拜访。他没有食欲，索性又回到了二楼。

折田摘下挂在墙上的活动星图，不停拨弄着指针。

"喂。"

折田没有回应尧的寒暄，直接问道："怎么样，气派吧？"他说着，依旧没有抬头。

尧不再作声了，他相信那是非常壮观的。

"放假了，我要回老家，所以就过来了。"

"已经放假了啊。我这次不回去了。"

"为什么？"

"不想回去。"

"你家里知道吗？"

"我已经寄信通知家里了。"

"你要旅行吗？"

"不，不是的。"

折田抬头看着尧的眼睛，不再问下去了。不过两人聊起了同学、学校等一些久未谈论的话题。

"近来学校把失火的教学楼都拆了。然后有一天，工人带着丁字镐爬上了砖墙……"

折田一边模仿着工人的动作，一边给尧讲解工人在现场是如何骑在砖墙上挥舞丁字镐的。

"不停地敲，直到墙快倒，然后迅速转移到安全地带再推一下，于是乎巨大的一面墙就轰的一声倒下了。"

"是吗？太有趣了。"

"是啊，太有趣了，大家都在那儿看。"

尧和折田聊着天，不知不觉喝了许多茶。看着用自己平时使用的杯子在喝茶的折田，尧忍不住有话要说。这种情绪让他渐渐不安起来。

"你不在意使用肺病患者用过的杯子吗？一咳嗽就会释放出许多细菌。——如果完全不在乎，那可是缺乏卫生观念哦。如果因顾及朋友关系而强己所难，我觉得那只是孩子般的矫情罢了。——我是这样认为的。"

说罢，尧自己也不明白为什么说这番话。折田翻了一下眼皮没有作声。

"很久没人来了吧？"

"很久没人来了。"

"没人来，你就变得孤僻了吗？"

这回轮到尧不作声了。不过，这样的谈话令尧感到一种莫名的快意。

"不是孤僻。不过确实近来我的想法有些不同于以往了。"

"是吗？"

尧给折田讲了那天发生的事情。

"我那时候实在无法冷静下来。冷静不等于无动于衷，我是感动的，痛苦的。但我的人生就是要冷静地看着自己的肉体和自己的生活消失。"

"……"

"我认为自己的生活完全消失之后，真正的冷静才会来临，就像沉入水底石头上的树叶……"

"那是灯心草……是吗？看来我真是好久没来了。"

"哦……可是这么想会让自己孤独。"

"我认为你到时候换个地方疗养这个想法不错。那么正月的时候，家人让你回去，你也不回去吗？"

"我不打算回去。"

这是个难得的无风的安静之夜。这样的夜晚不会发生火灾。两个人交谈着，屋外时而会传来微弱的哨音一般的声响。

夜里十一点，折田已经离去。临走之前，他从钱包里取出两张乘车优惠券。

"免得你再回学校取了。"他说着，将券递给了尧。

六

母亲来信了。

> 你那里一定是发生了什么事。所以我已委托正月上
> 京的津枝去看望你，你做好准备。
> 你说不回来，所以我让他给你捎去了春装。今年给
> 你做好了衬里，穿在外衣与汗衫中间，不要贴身穿。

津枝是母亲老师的儿子，如今大学毕业当了医生。以前有段时
间，尧曾把他视作自己的兄长而时常挂念。

近来，每当尧到附近散步，常会与母亲的幻影相遇。看到一个
人会在心中一惊："是妈妈！"走近一看却发现是陌生人，这经常令
他感到讶异。——好像咻地一下就变了。有时，他感觉母亲就坐在
自己的房间里，赶忙回到住处后发现是母亲来信了。接下来要来的
是津枝。尧的幻觉消散了。

尧走在街上，感觉自己变成了一把敏感的水平尺。他意识到自
己的呼吸越来越急促了。回头望去，那段坡道比他见过的都更陡。
他一停下脚步就会激烈地喘气，在那痛苦的硬物感从他的胸中消失
之前，他必须要承受那束手无策的呼吸困难。待呼吸平稳下来，尧
继续行走。

是什么在驱使他前行？是即将沉入远方的地平线的太阳。

他已经不堪整日待在低地旁的灰色洋式木屋里欣赏每一次冬天

的日落了。当窗外的风景逐渐沉入苍白的空气中，已不再是单纯的太阳下的阴影了，而是被称为"夜"的黑暗。当他意识到这个，莫名地焦躁起来。

"啊啊啊，我想看恢宏的落日。"

他走出家门，去搜寻可以远望的场所。岁末的街上，到处可以听到捣年糕的声音，花店门前也已摆上了梅花和福寿草的盆景。在城市这幅风俗画卷里，在他迷失了归途后一切都变得美丽了起来。他踏上自己从未走过的路——那里磨米的妇女、喧哗的孩子都会使他驻足。只是不管前往何处，都有大屋檐的剪影和伸向天空中晚霞的枝条。此时此刻，即将沉入远方地平线的残日映在他那惆怅的心头。

充满阳光的空气几乎紧贴在地面上。他那未实现的愿望时常使他幻想登上高高的屋顶、将手伸向天空的一个男人。男人的指尖触碰到了那充满阳光的空气。——他还想象出一个充满氢气的肥皂泡将苍白的人与街道托升至天空，升上天空的瞬间浮出一道七色彩虹。

清澈蔚蓝的天空中，火红的浮云一片接着一片，美不胜收。尧心中未烬的火焰也随之升腾起来。

"美妙的时刻为何如此短暂？"

他从未感到自己如此脆弱。火烧红的晚霞渐渐地化为了灰烬。他驻足而立。

"不知道覆盖在那片天空的影子是地球哪边的影子。如果不追随着那片云，今天就看不到太阳了。"

一阵沉重的疲惫袭来。在这陌生的城市里陌生的街角，尧的内心已经再也无法明快起来了。

山崖上的情感

一

一个闷热的夏天夜晚。山手町的某个咖啡馆里有两名青年在聊天。从他们说话的样子来看不像是朋友。山手町的咖啡馆不同于银座那些地方，室内狭窄，孤独的客人不能随心所欲地通过眺望着别处的桌子来度过闲暇时光。这种不能随心所欲——还有位置狭窄带来的亲切让他们看起来靠近了一些。他们二人看起来就是这样的。

一个青年喝醉了酒，肩头摇晃着把手肘毫不介意地抵在被酒杯底弄脏的桌子上，他从刚才开始就几乎是在自言自语。石灰地板的角落里放着一台陈旧的胜利者牌留声机，磨损的舞曲唱片闷热地传出声音。

"原本一个朋友曾说我生性放荡不羁，不会成家。那个朋友是一个看手相的人，而且还是西洋派的。他给我看手相的时候说我的手上有一个所罗门十字架，因此一生不会成家。我虽不相信手

179

相那些东西，可他说那些话的时候我还是惊了一下，非常伤心来着……"

那位青年的脸上现出了一层伤感之色。他喝了一口啤酒，接着说道。

"我独自站在山崖上眺望着一扇扇敞开的窗时，总是会想起他说的话。我就像没有根的浮萍，在人世间漂流，而且总是站在山崖上眺望别人的窗子。这就是我的宿命吧。我总是这样想。不说这个了，我想问你的是，眺望别人的窗子本来就是受到人的某种念头的驱使，对吗？每个人都会受到自己情感的控制，对吗？你觉得呢？你想过这些吗？"

另一位青年看起来没有醉酒。他对于同伴一直的喋喋不休显得不太感兴趣，虽然口里附和着可还是一副索然无味却显稳重的姿态倾听着。同伴问他的意见，他考虑了一阵，回答道："怎么说呢……我只能想起和你完全相反的经历。但是你的心情我不是不明白。我与你完全相反的经历是说，我看着那些窗户里的人就会想，他们生活在这尘世之中的无常的命运。我是这样看待这个问题的。"

"是的，你说得很对。不，应该就是这样的。我也能感觉到。"

醉酒的男子一副对对方的话语感到无比佩服的语调，一口喝光了啤酒。

"是的。这样说来你也算是窗户大师了。不，我呢，实际上喜欢窗户喜欢得不得了。总是从自己所在之处眺望别人的窗户，看到之后就会非常开心，总是那样想。不仅如此，我自己打开窗户，然后暴露在谁的视野中，我也觉得很有趣。别看我喝了这么多酒，如果某个河边有餐厅，或者桥上，或者河对岸有人一边眺望我们一边喝酒，那是多么令人愉快的事啊！'乐哉何所忧'——我虽然只会念这句诗一样的只言片语，可实际上就是这种心情。"

"原来如此，听起来确实很有趣，有一种闲适的趣味。"

"哈哈哈。我刚才说，在山崖上能看到我房间的窗户。我的窗户就在山崖不远处，从我的房间里只能看到山崖。我经常观察从山崖边走过的人，以前那里鲜有行人。那些人看起来完全不像是在附近长期居住的居民。我这样的男人真是吊儿郎当的闲人啊。"

"喂，你别放那张唱片。"倾听中的青年朝着女招待的方向说，服务员刚换上了《旅行队》。"我最讨厌那种爵士乐，一旦讨厌起来就控制不了。"

女招待默默地关掉了留声机。她留着短发，穿了一件薄薄的夏天的洋装。可看起来却完全没有新鲜之感，反而有一种挥发出家鼠气味的异域风情。听说许多住在附近的欧洲平民经常出入这里，这一点似乎得到了证实。

"喂，百合，百合，再来两杯生啤。"

说话的青年回头看着被态度恶劣的客人纠缠的相熟的女招待，一副英雄救美的表情向她喊话。然后又接着说。

"可是呢，关于看别人窗户这一爱好，我有一个难以说出口的欲望。一般来说，看别人窗户的乐趣在于偷窥别人的秘密，可是我有一种特别的追求，就是想看别人的床事。不过倒是从来没看到过。"

"那确实有可能。听说高架线上通过的国铁上经常有那种偷窥狂热爱好者。"

"是啊。居然有这种人，真是让人惊讶……你一次都没有对眺望窗户这件事产生过兴趣吗？"

他凝视着同伴的脸，静静地等待他的回答。

"既然我说了偷窥狂的事，那你可以认为我多多少少有些这方面的知识。"

青年的脸上划过了一丝不快的影子，听了这回答后又恢复了平静。

"对了，我呢，在山崖上对一个窗户产生过那样的兴趣。可一次都没有真正看到过。实际上我经常被它所骗。哈哈哈……我就说说我是什么状态沉迷其中的吧。我很长一段时间都凝视着那扇窗户，一动不动。然后因为太拼命了，腿脚就有些异样，站不住了。感觉摇摇晃晃地马上就要坠落悬崖。哈哈。那时候我已经是半梦半醒的状态。奇怪的是，那时我耳边传来了人在崖边走路的脚步声。可我觉得就算有人通过也不碍事。然而那脚步声却在我背后不断向我靠近，然后停下了。难道是我的幻想吗？我觉得那个靠近我的人知道我的秘密，他马上就要抓住我的领子，我差点就要从崖边坠落，因太过恐惧我差点要窒息了。即使那样我依然没有把眼神从那扇窗户挪开。因为那时已经是怎样都无所谓的心情了。同时我好像也知道都是自己的错觉，于是才那么胆大。但可没有可能确实是一个人呢，我总有这种感觉。真是奇怪，啊哈哈哈。"

说话的青年为自己的话感到兴趣，同时又自嘲地像恶魔一样用挑衅的目光盯着同伴的脸。

"怎么样，我这段话？我现在比起实际上看到别人的床事，更对自己的状态感兴趣。要说这是为什么，是因为我渐渐明白了，那扇幽暗的窗户里面可能没有我想看的东西。尽管如此，集中精神眺望的时候好像能看到。那种时候内心的状态是一种无法言说的恍惚。这种事真的存在啊。啊哈哈哈。怎么样，现在想和我一起去看看吗？"

"看不看都行，倒是你的话渐入佳境啊。"

倾听的青年又叫了一瓶啤酒。

"嗯，渐入佳境倒是真的。我确实渐入佳境了。要说为什么，我最初只是觉得窗户很有趣，后来渐渐开始想看别人的秘密了。是这样的。后来又对别人隐秘进行中的床事产生了兴趣。可是我以为我看到的好像不是我想看的。最后我终于明白了，偷窥时候的恍惚状态才是一切。是这样吧。实际上那种恍惚状态就是一切。啊哈哈哈！虚无的恍惚，万岁！让我们为着愉快的人生干杯吧！"

青年很是醉了，晃悠悠地端着酒杯和他的同伴碰杯，然后把酒一饮而尽了。

他们说话之中，店门打开，有两个西洋人走了进来。他们进来时向女招待使了个眼色就坐在了两名青年的旁边。他们没有看两名青年一眼，也没有交换眼神，只是不停地笑嘻嘻地看向女招待。

"波林先生，斯马诺夫先生，欢迎光临！"

女招待的脸上突然呈现出了迎接他们的夸张而生动表情。她咯咯地笑着，用洋人的不标准日语向他们打了招呼。她说话的时候和为青年们服务时不同，带着一种奇怪的魅力。

"我曾看过这样一部小说。"

一直倾听的青年从新客人带来的空气中又回到了原来的话题。

"讲的是，一个日本人去欧洲旅行。他在英国、法国、德国闲逛了很长时间呢，最后来到了维也纳。抵达维也纳的那天晚上他住在一家酒店，半夜突然醒来后没有继续睡，而是在黑暗中为了感受异国他乡的风情而走到窗前眺望。天空是美丽的星空，天空下的维也纳正在安睡。那男子观赏了一会儿夜景后，突然看到了黑暗中唯一一扇敞开的窗户。房间里的灯光照在一团白布似的东西上，还有一缕细细的白烟在向上升腾。渐渐地他终于明白那是什么了，那正是他想看的一对床上的裸体男女。看起来是白床单的一团就是他们的身体，袅袅升腾的烟是男人在床上吸烟冒出的烟。要说他当时心里在想什么——这里可是古都维也纳！经历了这么久的旅行，自己终于来到了这古都——他真真切切地感受到了这种心情。"

"然后呢？"

"然后他轻轻关上窗，又回到自己的床上睡觉了——这是我很早以前看的小说，奇怪的是有些地方我始终忘不掉，就一直留在了我的脑海里。"

"西洋人真好啊。我也想去维也纳了。啊哈哈哈。对了，你现在和我一起去山崖吗，嗯？"

醉酒的青年热心地邀请同伴，可对方只是笑笑，没有回应。

二

生岛（这位是醉酒的青年）那天晚上回到了自己租住在山崖

184

下的房间。他开门的时候感受到了一阵习惯性的或者某种难以言喻的忧愁。因为他想起了这家的主妇来。生岛和这家年逾四十的寡妇"姨妈"维持着一段没有爱情的肉体关系。她没有孩子，丈夫死了之后她有一种自我放弃的安静，在跟他发生关系后对待他的态度和之前没有任何变化，依旧是时而冷淡时而亲切。他和她睡觉的时候也称她为"姨妈"。完事之后她就会立刻回到自己的房间里去。生岛起初对这样的关系感到轻松，但没过多久就开始感到难以忍受的厌恶。他认为轻松的原因也正是他感到厌恶的原因。他触碰她的肌肤时感觉不到任何感情，就连平时表面的感情也都消失不见了。生理上结束了，可心情上并没有得到满足。这件事渐渐让他感到苦闷起来。他走到晴朗的大街上，也依然能闻到自己身上又一股腐朽的旧手绢的气味。脸上出现了一些令人讨厌的线条，在别人眼里他像是坠入了地狱，这样的不安时时攫住他的心。而女人那种放弃一切的平静更是刺到了他惴惴不安的厌恶感。可是这样的愤懑应该针对"姨妈"的哪个方面？他知道，就算他说今天要走，她也不会抱怨。那为什么不走呢？生岛那年春天毕业后没有找到工作，虽说每天也在奔波，可是他不过是个每天无精打采虚度年华的人。他已经感觉不到任何想要做什么的意志了，甚至只是把竖着的东西摆正。他好像想做的就是拔出脑细胞中有行动意志的部分。结果就是他的行动意志无法动弹。

主妇已经睡下。生岛走上嘎吱作响的楼梯进了自己的房间。然后打开玻璃窗，让夜晚的清凉的空气替换掉沉闷的房间空气。他怔怔地坐着，眺望山崖。崖边的道路上只有一盏路灯，那灯光也只是显示了它自身的存在而已。他眺望着，想起了晚上在咖啡馆里一起聊天的青年。无论自己邀请他多少次，他总是不说去或者不去，之后自己执拗地拿起纸和铅笔画下了地图告诉他路径，他表示出了抗拒的态度，但尽管如此他还是坚信那个青年和自己一样对那里拥有同样的欲望——他想到了这里，抱着或许他会来的期待，眼睛不知不觉间开始搜寻起黑暗中的白色人影来。

他的心又沉迷于从山崖上看到的那扇窗的事。他半梦半醒间看到的房间里的男女姿态是多么富有激情和情欲啊！看得入迷的自己又感受到了多么激情的性欲啊！窗里的两个人好像在呼吸着他的呼吸，他好像也在呼吸着两个人的呼吸——他想起了那时因那份恍惚而陶醉的心情。

"说起来，"他继续思考，"我在面对她的时候是什么样子呢？我好像被某种不好的暗示影响而变得流于表面的情绪。为什么面对她的时候没有在山崖上的十分之一的陶醉呢？难道我的陶醉都被吸附到那扇窗里去了吗？难道只有通过这种形式才能沉浸在性欲中吗？还是说，她这个对象本来就是错的呢？"

"可我还有一个幻想。我脑海里只有那一个幻想。"

桌子上的电灯周围不知何时聚集了很多虫子。生岛看到之后拉了灯绳熄了灯。就连这点小事他都会习惯性地反对——站在崖边俯瞰山谷时，一种变化掠过了他的心。房间变暗，夜色更冷了。崖边的道路清楚地黯淡下来。然而那里依然没有任何人影。

他脑海里留下的唯一的幻想，是在他和寡妇同床时突然房间的窗户大开的情形。有人站在崖边的道路上，眺望他的窗户，看到他的样子，他在想那样的话会带来多少刺痛感，通过那些刺痛感，也许毫无感情的他会在现实中产生一些陶醉。然而对于他来说，仅仅开着窗户暴露他们二人的身体就已经充满了新鲜的魅力。他幻想着到那时一把薄刀在后背划过的战栗。不仅如此。他还想象着这样的事就是现实中丑陋的他们的反面。

"我今晚究竟想让那男人做什么呢？"

生岛在崖边的黑暗中，发现了自己在等待着的那名青年的身影不知何时出现了，他一下子清醒过来。

"我起初对他充满好感。因此和他聊起了窗户的事情，感觉很投机。可是如今却想让他成为自己欲望的傀儡，这是为何呢？我以为是因为我爱之物也被他所爱而对他产生了好感，所以才说了那些话。可是这近似强迫的行为不知何时让我产生了一种感觉——我把自己的欲望强加给他，并且想要打造一个和自己一模一样的人出来。而如今我在等的是被我的欲望戳中前来的那个男子，我幻想的是现实中丑陋的自己暴露在崖边。我的秘密幻想和我没有关系，它凭着自己的意志脚踏实地地前进着，这真的可能吗？或者连现在的反省也是它的一部分计划？如果他出现在那里，我可能要开始准备嘲笑他了吧……"

生岛摇了摇渐渐混沌的头，打开电灯，开始铺床。

三

石田（这位是倾听的青年）一天晚上沿着那条崖边的道路散步。

187

从平常经常走的路踏上崖边的道路时，他对自己家附近竟然有这样一条路而感到不可思议。原来这一带坡路颇多，遍布丘陵和山谷。城市高处是皇族和华族的宅邸所在地，豪华气派的大门在夜色中分列在古风的瓦斯灯安静地点亮的街道两旁。树丛深处耸立着教堂的尖顶，外国大使馆前的国旗在别墅风的建筑的屋顶飘扬。然而位于山谷的阴森森的房子掩藏了普通的行人不会通过的狭窄小径，腐朽地存在着。

石田在通过这条路的时候，有一种被苛责的感觉。因为面朝路边的房子敞开着窗户，房间里有脱了衣服的人，有时钟在敲响，还有燃烧中的蚊香。上面附着的壁虎让他感觉恶心。他几次走到路的尽头——那里更能感受到自己脚步声中的彷徨，最后终于沿着崖边的道路走了出去。走了一会儿，没有了人家，道路越来越暗，脚下只有一盏电灯，他终于来到了那个青年告诉他的地方。

从那里望向山崖下的街道，能看见有几扇窗。那是他知道的地方，却是他从未见过的俯瞰风景。他感到了一点旅途中的惆怅夹杂在浓浓的野菊香气中沁入他的心扉。

有一扇窗里，一个身着运动装的男子在踩缝纫机。屋顶上的黑暗中浮现出许多晾晒的衣物，那里大概是洗衣店吧。另一扇窗里，一个人戴着耳机在专心听广播。看到那人专心致志的模样，仿佛他的耳边也能听见广播中细弱的声音。

前一天晚上，他面对着喝醉酒的青年说，看到在窗边或坐或立的人的身影就会想到大家身上背负着的空无的宿命生活在尘世中，是因为他心中浮现出了这样一幅场景——

他老家房子前的街道边有一家破旧的商人旅馆，早上经常可以看到二楼栏杆里面正在吃早饭的旅人的身影。不知为何，其中一个场景深深刻在了他心里。那是一个五十多岁的男人和四个脸色差的男孩面对面吃早饭的情景。他的脸上刻满了尘世里的辛劳和黑暗。他一句话也没说，沉默地使动着筷子。那四个脸色差的孩子也都沉默着用还不熟练的动作捧着碗吃饭。他看着那场景，能感受到男人的落魄，也能感受到他对孩子们的爱。感觉孩子们幼小的心中也知道他们无法放弃的命运。房间里报纸附录似的东西贴在拉门的破损处。

那是他放假回到老家后某天早上的记忆。他记得当时自己差点落泪。如今那记忆又在他的心底复苏了，他俯视着眼前的城市。

尤其唤起他记忆的是一栋长屋的窗户。其中的一扇窗户里挂着破旧的蚊帐，旁边的窗户里一个男人发呆似的靠在栏杆上向外探出身子，再旁边看得最清楚的窗户里，衣柜旁边的墙根立着一个被灯光照亮了的佛龛。石田虚无而悲伤地望着房间与房间之间的墙壁。如果那里的人站到这崖边眺望那里的墙壁，会不会觉得自己放心的家庭是如此脆弱？

黑暗中有一扇窗户尤其明亮。屋子里一个秃头老人和一个看起来像客人的男人隔着烟灰缸相向而坐。看了一会儿，楼梯出口的房间一角一个梳着日本髻的女人端着饮料一样的东西走了上来。然后那房间和山崖之间的空间突然摇晃了一下。原来是因为女人的身体突然遮住了电灯的明亮光线。女人坐下来把盆放在客人面前，男人点头向她道谢。

石田看着那扇窗，好像里面正在上演一场戏，他的心里浮现出

189

了前天晚上那个青年说的话来——"渐渐地想要偷窥别人的秘密。而这些秘密之中最想看的就是别人的床事。"

或许确实如此。他心想，可是如今自己眼前的窗户都敞开着，从中感受到的不是性欲，而是世事的无常。

他向山下看去搜寻那青年所说的窗户，可是没有看到。然后他停留了一会儿便下山而去。

四

"今晚也来了。"生岛在房间里眺望着山崖路上黑暗中浮现出的人影想。他好几个晚上都看到了那人的身影。当他发现那就是他在咖啡馆里聊天的青年时，一想到自己内心的幻想就感到一阵战栗。

"那是我幻想出来的人影。是和我有同样欲望站在山崖上的我的第二人格。这一切都源于我幻想着我的第二人格站在我喜欢的地方眺望这一黑暗的诱惑。我的欲望终究离我而去了。在这间屋子里只剩下战栗和恍惚。"

一天晚上，石田又一次站在山崖上眺望山下的街道。

他看到的是一栋妇产医院的窗户。那里虽说是一家医院，楼房却不够气派，是一栋粗鄙的西洋式建筑。一到了白天房顶就会贴出一块写着"产妇接待室"的广告板。总共有十多扇窗，有的明亮，有的黑暗，还有的房间里被遮盖着漏斗形灯罩的电灯的光线隔成明暗两个区域的窗户。

石田被一扇窗的情景吸引了，病床周围围了一圈人。他想，这么晚了还在做手术吗？可那些人几乎没有动作，只是一动不动地伫立在床侧。

看了一会儿后，他把视线移到了别的窗户。洗衣店的二楼今晚不见踩缝纫机的男人的身影，只是依然有很多晾晒的衣物在黑暗中浮现出来。大部分的窗户晚上都会敞开，咖啡馆里青年所说的那种窗户依旧看不见。石田内心的某个地方还是想看到那样的窗户的。并不明显，但是他接连几天晚上前来都是因为这种心情的缘故。

他百无聊赖地看向山下一扇较近的窗户，突然产生了一个预感让他心头一震。当他意识到那就是自己内心想要看到的风景时，心脏骤然加速跳动了起来。他无法毫不眨眼地盯着看，眼神闪烁着不时移开。然后当他再次望向医院的时候，因为异样的情况而睁大了双眼。那台病床前围站着的人们瞬间动了一下，他们的身影看起来很是惊愕，接着身穿洋服的男人们低下了头。那里发生的一切在石田的直觉中意味着一个人死去了。他的心突然刺痛了一下。当他再次望向山下的窗户时，那里还是刚才的姿势，可他的心却无法回到刚才了。

那是人类的喜悦和悲伤都到达极致时的一种严肃的感情。那已经超越了他所感觉到的"物哀"，是一种具有意志的无常之感。他想起了古希腊的习俗——死者的石棺外雕刻着淫乱的男男女女、牧羊神与雌羊交媾的图像。

他们不知道。医院窗户里的人们不知道山下的窗户里发生的事，山下窗户里的人们不知道医院窗户里发生的事，还有山崖上的我的这种情感，他们都不知道。他想。

黑暗之画卷

前不久东京鼎鼎有名的盗贼被捕，据说他在伸手不见五指的黑暗中只要有一根棍子，就能有多远跑多远。将那根棍子在身子前边探出，无论在农田还是其他地方都能像盲人一样无阻前进。

我读到这则新闻的时候，不禁感到一阵清爽的战栗。

黑暗！置身其中什么都看不到。更深的黑暗以永不休止的波动的形式时时刻刻压迫着周围。这样的情况下连思考都无法进行，怎么可能踏入一个不知道有什么的地方呢？当然我们只能一点点挪步前行。然而，那是饱含苦涩、不安和恐怖的一步。为了勇敢地迈出那一步，我们必须要召唤恶魔，赤脚踩在蓟草上！对于绝望的热情是必不可少的。

可是如果我们在黑暗之中抛弃了那样的意志，那么就会有深刻的安心感将我们包围。要想感受这样的心情，只须回想起在都市里经历过的停电的场景。停电后的屋子里漆黑一片，起初会产生一种无法言说的不愉快。但是想要稍微转换心情、放松精神的时候，那黑暗就会变成灯光下绝对无法享受到的清爽的安宁。

在深邃的黑暗中感受到的这份安宁到底意味着什么？此时此刻所有人都看不到我——此时此刻我和巨大的黑暗融为一体——就是这种感觉吧。

我很长一段时间生活在山里的疗养地。我知道，就是在那里我爱上了黑暗。山谷对面的枯萱山白天看上去十分活泼，看上去有金色兔子在那里嬉戏；而一到了晚上，那里就变得黑咕隆咚，令人胆寒。白天不曾注意的树木以奇怪的形状耸入云霄；夜里去的时候则必须要提灯笼。满月之夜意味着不需要提灯笼。

——这些发现是从都市不经意间进入山间后了解黑暗的第一阶段。

我乐于驱身前往黑暗。站在溪边高大的椎树下，眺望遥远的城市里孤单的街灯。没有比从深邃的黑暗中眺望远方的渺小光芒更令人感伤的事了。我知道，那些光芒远道而来，给身处黑暗中的我的和服渲染了一丝光辉。此外，在某个地方向溪的黑暗扔石子。黑暗中有一棵柚子树。石子撞开叶子着陆在断崖上。不一会儿就会有芳香的柚子气息升腾而来。

这些和身处疗养地的孤独分不开。有时乘坐去海岬港町的汽车，故意在黄昏的山顶把自己遗弃。看着深深的溪谷没入黑暗之中。夜色渐浓，漆黑的群山山脊看上去就好像古老地球的骨骼。它们在不知我的存在的情况下说话了。

"喂，我们必须要这么做到什么时候啊？"

我回想起疗养地的一条漆黑的路。那是从溪水下游的一家旅馆通往我投宿的上游旅馆的归路。沿着小溪，是一段缓缓的上坡路。那附近好像有三四个住宅区。那条路只设有极其稀疏的路灯，少到现在都能数得出。第一盏路灯位于从旅馆走上那条路的地方。夏天的时候，路灯附近会汇聚很多小飞虫。还有一只青蛙，总是把身子紧紧地贴着路灯下面的电线杆。过一会儿，它就会把后肢弯曲成奇怪的姿势，搔弄着后背，可能是从路灯上掉落下来的小虫子粘在了身上。它看起来有些烦躁。我经常在那里驻足观察它。夜深后无比寂静地凝视。

走上一会儿，就会有一座桥。站在桥上，向小溪上的上游望去，漆黑的山遮住了天空。山腰上有一盏路灯，那光亮莫名地唤起了恐惧。感觉上，像有人在敲打铜锣和镲片。我每次经过那座桥的时候，眼睛都会下意识地故意不看那里。

向下游的方向望去，溪中水流湍急的地方发出哗哗的激荡声。那里即使身处黑暗，也呈现出一道白色，像尾巴一样越来越细，最后消失在下游的黑暗中。溪岸的杉树林里，有座烧炭的小屋，白色的烟在山间的黑暗中袅袅升起。难闻的烟有时会飘散到街道上，所以街道上会有那种树脂的臭味，还有白天马车驶过后的气味残留。

过了桥，路沿着溪水向上延伸。左侧是溪崖，右侧是山崖。道路前方有白色的路灯，那里是一家旅馆的后门，可以直接抵达那里。在黑暗中什么都不思考。因为前方路上的白色电灯和缓缓的上坡路，这些都是身体被赋予的工作。向着白色电灯走去，我总是上气不接下气地在中途停下。呼吸困难，就必须站着一动不动。看上去好像无所事事的人在路边呆呆地望着田野。过一会儿再接着迈出步子。

　　街道从那里向右转。溪边有一棵高大的椎树，形成了巨大的黑洞。站在树下仰头看去，就像一个又深又大的洞窟。洞穴深处还有猫头鹰的叫声。道路两旁有小字①，从那里透出的光映照着竹丛，呈现出白色的光芒。竹子是树木中最容易感应到光的。山里到处矗立着竹丛，它们在黑暗中也让所在之处发出微弱的白光。

　　走过那里，从山崖的地方拐弯，就是一片广袤的原野。眼界就是这样改变人的。一到这里，感觉好像可以甩掉一直占据心中的模糊不清的思绪，生出新的决心来。我的心中静静地充满了隐隐的热情。

　　黑暗中的景色中有着单纯的张力。左侧的山脊绵延不绝，仿佛爬虫的背划破溪对面的夜空。全景图一样的漆黑的杉树林将我的前路裹在黑暗中。右侧的杉树林向左倾倒。道路沿山而建。前方是一团无法预测的黑暗，距离它大约有一百多米。途中仅有一户人家，看上去像枫树的树上披着幻灯一样的光亮。巨大无比的黑暗中只有那里发出一大簇的亮光。从那里开始，前方的道路渐渐明亮起来。然而这一段黑暗反而因此显得更加阴暗，吞噬了街道。

　　一天晚上，我发现在我的前面有一个和我一样没有提灯笼走路的男人。我在仅有一户的人家前的亮光中看到了他的身影。他的背上承载着光芒，渐渐地走进了黑暗。我抱着一种异样的感动望着他。毫不掩饰地说，那是一种——过一会儿我也会像他一样消失

①日本明治时代开始使用的区划单位之一，其上层的区划为大字，但目前已很少使用。

195

在黑暗之中，到时候站在我现在位置的人也终将以同样的方式消失——的感动。消失在黑暗中的男人的背影充满了感性的光辉。

走过那仅有一户的人家后，到了溪流边杉树林的地方。右侧就是像被一刀切开的直耸的悬崖，那里是黑暗的内部。道路多么阴暗，即使是满月之夜也无法照亮。走着走着，阴暗越来越浓，不安也随之加深。就在要到达某一个极点的时候，突然脚下响起一个短促敦实的声音。那是杉树林的边缘，正下方的激流声从那里传来。激流的声音在黑暗中越发显得阴森狂乱，我内心开始混乱起来。那声音听上去好像木工和粉刷匠等一群人在溪边举办着不可思议的酒会，伴随着"哇哈哈、哇哈哈"的高亢笑声。我的心快要拧了起来。就在那时，道路前方出现了一盏路灯。黑暗在那里终止了。

那里离我的住处已经很近。看得见路灯的地方是悬崖的拐角，从那里转弯很快就到了我投宿的旅馆。在路灯下走夜路无须顾忌很多，我靠着这最后的踏实走过了那条路。起雾的夜里走在这条路上，路灯看上去比实际距离更远，会有一种不停地走、不停地走，却一直都无法抵达的不可思议的心情。往常的踏实感消失，只能在心里默念"好远好远啊"。

黑暗里的风景无论何时看都没有什么分别。这条路我走了很多次，每次从这里走过时我都重复着同样的幻想，那些印象已经烙在了我的心上。道路的黑暗，还有比黑暗更浓郁的树木的黑暗姿态如今仍残留在我的眼底。每次回想起来，都会觉得我现在所处的都市里那些明亮的夜晚有些微的不洁。

黑暗之书

一

　　我和一位年轻的母亲在村里的街道上走着。她是我弟弟们的母亲。她穿着一身紫色的衣裳，在我看来她是很多不同女性的合体。第一，她让我感觉是我的女儿。她常常给我讲述她那不幸的父亲残忍地欺负她的过往，我一边听，一边想象着她年幼的样子，想着想着就掉下了眼泪，往往到最后就会陷入一种幻觉——仿佛我是她曾经的父亲。她还会让我感觉自己是她的哥哥，有时也是弟弟。并且我也会在仰望天空，还有眺望大海的时候，在脑中描绘她是我的姐姐的空间和她是我妹妹的时间。

　　没有了燕子，街道的房檐上挂着用稻草绳悬挂的辣椒。拉门上的和纸已经无法更换，微弱的阳光照射在上面，昭示着如今已是冬天。我们停在鳞次栉比的房屋旁边，出于一个散步者的本能判断，眼前正是适合散步的好地方。

从遥远的群山中分道而至的两条溪流在我们的眼下交汇。环绕着溪水的群山在斜阳下分成了具有一道深深的阴影的山阴和被日光照射的明亮的山阳。山阳可以看到被季节渲染了的杂树林的秃山。秃山被大面积的杉树林覆盖着，高大的枯树更加增大了阳光的阴影。这让在阴影下的溪流显得如死一般的寂静。

"哎呀，柿子已经这么红了。"年轻的母亲说道。

"看那远方的柿子树，就像开了一树柿子色的花。"我说道。

"是啊。"

"我总是把那么远的东西当成花朵来观赏，这样看起来会更美，而且仿佛还能闻到紫玉兰一样的香气。"

"你一直都是这样。对我来说，柿子就是柿子本身最好了。因为可以吃。"她说罢，妩媚地一笑。

"话说那些可都是涩柿子，都是要做成干柿子的。"我也笑着说。

柿子树旁苍翠茂密的柚子树上已经可以看到一些黄色的果实了。和阳光下熟透了的柿子相比，那黄色的果实带着一股让人清醒的凉爽映入我的眼帘。柚子树的周围有一小片平地，上面铺着收割后正在晾晒的稻草。平地旁的桑树田上还栖息着晚秋的蚕，刚经受了霜打的桑叶被太阳照射着。被杂树林和枯草丛覆盖的巨大的山腰向桑树田倾斜。一条窄窄的小路沿着山麓向前延伸，不一会儿就进入了阴暗的杉树林中。开阔的平地和明显的斜坡之间，是一条充满了幻想的道路。

"你看那边。"我手指着方向给她看。一个村里的姑娘背着一只小背篓，从杉树林走出来踏上了那条路。

"刚才有人从那条路里走出来。你知道她是谁吗？是昨夜来浴场的姑娘。"

我想看看她是不是起了兴致，可那美丽的双眸中却没有释放出一丝光芒。

"我每次到这里来都会眺望那条路，看行人从那里经过。我感觉那是一条不可思议的路。"

"哪里不可思议了呢？"我的话让她产生了一丝困惑。

"要说哪里不可思议，是啊，比如说用望远镜看远处的人。如此一来，就能看到远处那个毫不知情的人的肢体和表情，他在思考什么，是什么样的心情——这些都会通过望远镜进入看的人的眼中。同样的道理，通过观察经过那条路的人，我想到了这些。那是一条会将行人的命运暴露无遗的路。"

背着背篓的姑娘已经走到了路的尽头，在叶子凋落了的胡桃枝中。

"你看，如果那条路上没有人，就看不到它有多宽。它其实在企盼着行人。"

我的心中有一股不可思议的热情，我凝视着那条路。父亲的妻子，我的女儿，美丽的母亲，穿着紫色和服的人。痛苦的种种表象彻底扰乱了我的心。我忽然转头过去对她说："我们朝那条路走吧。去那条路上走一走。不知道我们在上面走路看起来是什么样子。"

"嗯，我们走过去吧。"她开心地说了很多话，"可是谁来观察我们看上去到底有多小呢？"

我愠怒地喊道："哎呀，那种事情有什么所谓？"

然后我们从街道沿着一条闪电形的小路向着溪谷的方向走去，太普通啦！我心里向着那条路走去的愿望已经荡然无存。

路上

我发现那条路是在溲疏开花的时节。

我非常欣喜地发现 E 站上车也可以到家，并且和从 M 站上车回家的距离相差无几。

这欣喜里有我对这种变化的心情，还有一点是我去找朋友时从 M 站出发的话会绕非常远的路，如果从 E 站出发的话变得非常近的原因。那天回家的路上我很罕见地在 E 站下车，然后朝着大概对的方向走着。走了不一会儿，竟然走到了似曾相识的路上。我意识到，那是我去 M 站时必走之路的交叉路口。自己刚才走路的样子就像小心翼翼地说话一样，这让我感觉很滑稽。并且从那以后，有三分之二的时候我都走那条路。

M 站和 E 站都是终点站。如果从 E 站上车，那就在 T 站换乘。如果从 M 站去 T 站，则要花从 E 站出发的两三倍的时间。电车在 E 站和 T 站之间单线往返。因为是一条清闲的路线，所以在发车之前，列车驾驶员会和附近的孩子做做游戏，或者让孩子们帮忙拉扯触电杆以改变方向。我想，这样清闲的路线上一定很少发生事故，一问才知道却意外地多，虽然上下行的电车比较少，驾驶员说道。于是在铁道和公路的交叉处在枕木上铺设铁轨，设置了像火车一样的电车专用道。

从车窗可以看到沿线上房屋的内部。虽说那些房子并不是那么破旧，但总体来说没有特别想看的漂亮的房子。不过，别人家的房屋内部还是让人心驰神往的。乐于观察窗外风景的我，有一天在道旁发现了两株溲疏。

我小学的时候经常抱着一本简陋的图鉴，到家附近的野草丛和杂树林里去寻找溲疏。走到一株白色的花旁，拿图鉴来对比。有一些类似箱根溲疏、梅花溲疏的植物，却单单没有找到真正的溲疏。终于有一天被我找到了。只要找到一次，之后就源源不断地映入我的眼帘。而且印象中这种花只是花中普通的一种，但在道旁看到的两株还真是让人感觉别有一番情趣。

一个星期天，我和来见我的朋友一起去市里，走上了经常走过的一个坡道。

"这个坡走到尽头的那片空地上可以清楚地看到富士山哟。"我说道。

能清晰看到富士山的时节仅限于立春之前。早晨被雪覆盖的闪闪发亮的样子看上去就好像是丹泽山顶。到了傍晚太阳落山时，红色的天空中呈现出和丹泽山一样的风景。我们都太过于关注富士山的形状，诸如倒扇子形，或者一只倒扣的碗的形状。可以想象拥有广阔视野和那样高度的富士山有何等的体积和成长空间，亲身感受过后，你说会怎么样——你每天都会无数次地想带着这样的心情去看富士山。那些冬天里自己对大自然怀抱着那样强烈的热情，如今只能回忆。

（冬末春初时节我的候症加重了，我实在难以应付自己这季节性的低落情绪。）

"那边是赛马场，我家在这个方向。"

我和朋友肩并肩，面朝着起伏的山丘和那之间冒出头来的红色屋顶，还有默默映进眼帘的绿色群落的一幅全景图。

"从这里往那边转，这个方向。"我指着 E 车站的方向说道。

"那要不要去爬那个悬崖试试。"

"应该没问题。"

我们从那里又向着更高一层的山丘进发。草间的红色土壤被踩踏发出了声响，那里无疑就是正确的道路。虽然被树木挡住了视线，但是比刚才的地方有更高远的视野。刚刚那个地方的接续处被压成网球的场地。有人互相击着软球。虽然不是正常的路，但无疑是近路。

"好像挺远的。"

"那里的树木那么茂盛，一定是藏在那后面了。"

然而直到我们走到近旁都没能看到车站，并且那边的地形和住房的样子，看起来都不像是一个电车的终点站，倒是有点儿像乡下的土路。

我在街上走着，动辄这就会感觉自己好像走到了奇怪的地方，好像走在别的国家——直到我走习惯了到市里去的路之前，我始终认为经常到市里去的我是另一个人。

闲散的车站，能看见别人家内部的沿途风景。电车中，我对朋友说："能感受到旅行的情趣吗？"空气中充满了橡科植物的花叶的气味，不一会儿就将我们团团笼罩。

那天起，我又开始走当天新发现的道路了——始自悬崖的近路。

那是一个雨后的日子。下午我放假回家。

途中，我从常走的路走进那条通往悬崖的近道，我注意到雨后的红土变得松软。路上貌似没有人的足迹，每走一步都会打滑。

我向高处视野广阔的地方走去，那里的地势比较陡峭。我感到了些许的危险。

斜坡的土壤更加松软。但是自己既没有想要折返，也没有停下来思考。意识到了危险并谨慎地向下走去——下脚的一瞬间已经意识到自己一定会因脚滑而摔倒的——一瞬间果然脚滑了一下，一只手触碰到了泥土。但那时的我还没有把它当作一回事。刚要站起来的时候，脚一用力又滑了一下。这次是一侧肘部、屁股，甚至后背都挨到地面，我终于以这种姿势停了下来。停下的地方连接着另一个斜坡，就好像两层楼梯间的平台。我另一只手拿着书包，就那样攥着包撑着地面战战兢兢地站了起来——不知何时竟认真了起来。

是不是有人在哪里看到了？我朝下方的人家看去。站在那些人家的角度上，我看上去一定是个独自在高高的舞台上努力做着滑稽动作的人——并没有人看我。真是奇怪的想法。

我站起来的地方还算安全。但是我仍然没有想要折返，也没有停下来思考。浑身是泥的我又要迈出危险的一步。这时脑中突然现出一个想法：像滑雪一样滑下去怎么样？只要身体不失去重心，那么就一定可以滑到头。没有镶嵌螺柱的鞋子在红土上滑了起来。滑出了四米左右，然而那尽头竟是高高的石崖外延。下面就是网球场地的平地。悬崖有四米左右的样子。但是如果没有停下的余地的话，我一定会因为惯性从石崖上冲下去。冲下去撞上的是石头还是木材，如果不到石崖边缘，是无法知道的。危险很快地在我脑中出现。

石崖外延表面粗糙，因此鞋子自然而然地停了下来。我停下来完全不是靠自己的能力，好像有什么东西阻止了我。无论我感到多么危险，都只是任由它滑，任由它停下。

我做好了冲下去的心理准备，小腿放松了下来，不再紧绷。在石崖下面的平台上像碾子一样翻转滚动，我已经蒙了。

我环顾四周，看有没人在哪儿看我。阴云密布的天空下面，有着大屋顶的房子们并排而立。然而那里没有人影，十分寂寥。我心中顿觉失落。就算是嘲笑也好，如果有谁看见我刚才的动作就好了。刚才还期待万分的心情一下子就变成了失落的忧伤。

为什么没有折返呢？好像被什么魇住了似的滑落下来，我对这样的自己感到害怕，如同看到了"破灭"这个词的一种诠释。啊，原来我是这样滑下来的。

滑落下来之后我站起来，用草叶把手上和身上的泥土扫落，感觉自己整个人一直处于亢奋之中。

滑落这件事仿佛发生在梦境之中，也没有觉得奇怪。进入斜坡之前的自己，意外地让自己陷入的危险，还有现在的自己。这是某种失衡的不自然的连锁事件。这种事情若是没有发生在我身上，恐怕我是不会相信任何否定的声音吧。

我、我的意识、世界，我似乎已经游离出这三者之外。尽管笑吧。我回想起第二次环视四周确认是否有人在看的时候那寂寥的自己。

回家的路上，我思绪繁重，不知为何觉得非写点东西不可。一定要把滑落的事情写下来，还是一定要通过写小说来表达自己，我自己也不明白是一种什么样的心情，大概二者兼具吧。

回到家打开书包一看，一个不知从那儿进来的甚至我都不认为能进来的泥团，把书弄脏了。

七叶树花——一封私信

一

　　近来受阴郁天气的影响，我连写信的心情都没有。以前在京都的时候，每年的这个季节都会患胸膜炎，到这边来之后就再也没有得过。戒酒可能是一个原因。可是精神依然不健康。我说一件事，你可能会笑我。我去学校真的很麻烦。要坐电车。电车要花四十分钟。不知是不是心情消沉的缘故，我总是感觉坐在前面的人一直在看我的脸。我知道那是我自己一个人的想象。也就是说，起初我没注意，说起来其实是我在寻找那样的视线。眼神还要佯装着若无其事的样子，这就是我痛苦的根源。

　　而且对电车里的人虽然不算是有敌意，也是抱着一种如坐针毡的心情。这样一来就会变得对别人吹毛求疵。在学生中间流行的肥腿裤搭配上奇怪的扁扁的红鞋子等，都不适合我虚弱的身体，因此我才有了那样的坏毛病。如果是无意为之，我也不会生气。如果是不得已而为之，我甚至会抱有好感。然而怎么想都不是那么回事。我觉得那很俗套。

对女人的发型，我也越来越难以忍受了。——在借给你的《怪物》一书中，有这样一张画，你知道吗？是一个女妖怪的画。面部自不必说，就连后脑勺也是怪物，上面长着一张贪婪的嘴。还有，那散开的头发发梢变成触手的样子，从放在那里的盘子抓起点心送到那个嘴里。但是不知道那女人知不知道，一副理所应当的样子面向前方坐着。——我看到那张画时感到非常厌恶。近来女人们的发型让我想起了那个妖怪。她们的发髻长得很像那张嘴的样子。看完画之后的厌恶在看到女人们的发髻时就猛地更强烈了。

在意一件类似这样的小事非常无聊。然而尽管这样想，还是有无法逃避的事情，就是不开心的一种"形式"。越反省，无聊就变得越尴尬。有一天发生了这样一件事。坐在我前面的妇人的衣服终究还是引起了我的反感，甚至憎恶。我想给她致命一击，并且在头脑中寻找可以显而易见地羞辱她的话语。不一会儿我成功地找到了。但那句话实在过分得很。不仅可以打击她，恐怕还会将厚颜无耻的她打入黑暗的不幸之中。当我找到那句话的时候，我想象了立即把那些话甩向对方的场面，可是这种场面对于我来说是做不到的。那个妇人，那句话。光是想到这两个对立就已经够残酷了。我生气的情绪慢慢地冷静下来。我想，评判女人的外形是不够男人的行为，必须要以更温和的心来看待。但是这种平和的心情没有持续很长时间。一个人的幻想结束了。

当眼神再次掠过那个妇人的时候，我突然在她的丑陋中发现了一种恐怕凌驾于我之上的健康。有一个词叫作"粗鄙者"。从这个意义上来说是一种不健康的感觉。有一种叫作小蓬草的杂草，与她的那种健康颇为相似。——我的幻想与之形成对比，慢慢地显露出了神经的脆弱。

对于恶俗抱有极强的反感是我长久以来的毛病，并且那总是我自己精神松弛时的症候。然而那是我第一次情绪变得悲痛。我知道是梅雨让我变弱了。

乘在电车中还有一个很困扰我的，是车的声音听起来像音乐（你也说过同样的事）。我曾经企图把那声音利用起来当成好听的音乐来听。从那时开始我就在不自觉中树立了一个使自己不开心的敌人。我一想到"做那个吧"，马上就可以从车的响声中和街道的响声中发现那曲目。但是在筋疲力尽的时候，却听起来不像正确的音高。——这倒也无妨。令我困扰的是那已经不是我可以随便停止下来的了，不止如此，还逐渐变成了我无法忍受的类型。就是那妇人刚才随之起舞的那首乐曲，有时令人发笑，有时故意恶俗。那听起来像是他们的凯歌——要说起来就是这样，总之非常令人不快。

在电车中忧郁时，我的脸肯定很丑。我觉得见过的人一定都会说不好。我在自己的忧郁之上还模糊地感受到了"恶"。我想避开那"恶"，但是却无法说出不坐电车这种话。如果毒和器皿都是预先被安排好的，那么就不用退缩。一个人的幻想就到此结束了。我必须要感受一下那片海。

某日我和年少的朋友一起坐电车。是这个四月份比我们晚一年来东京的朋友。朋友对于东京有些不满，并且总是说京都有多么多么好。我多少也曾有过相似的体验。而且那种刚来就表现出喜欢的人我也是不满。但是我无法对朋友的话表示认同。我说东京也有别样的好。可他更不高兴了，好像连这话都不能说。然后两个人都不作声了。那真是一阵尴尬的沉默。他还在京都的时候，电车的车窗交错的瞬间，心中想着"对面的第几号窗边上的女生下次会来和我聊生活？"并在心中牢记那车窗号，聆听神谕一般等待着电车交车——他说也有时会做那种事情，而我听了并没什么感觉。对于那种事情我也是有自己的坚持。

二

一天 O 来拜访我。O 有一张看上去健康的脸。然后我们聊了很多有趣的事——

O 注意到放在我桌子上的纸。在好几张纸上都写了 Waste 这个单词。

"这是什么？你交女朋友了吗？"O 调侃我道。女朋友这样的词怎么也不像是会从 O 的口中说出的，我突然想起了五六年前的自己。那时我对一个女孩抱有孩童一般激烈的热情。那不正常的失败你也多少知道一些吧。

——父亲极其痛苦的声音宣告了那没面子的事件的结果。我突然变得呼吸困难起来，发出了自己都不知道是什么的声音从被窝冲了出去。哥哥从后面跟了过来。我一直跑到了母亲的梳妆台前面。

镜子里映出了我苍白的脸，丑陋地僵在那里。为什么跑到那里——连我自己都完全不知道。可能是想亲眼看看那痛苦的样子。看镜子在某些时候也会让激动的心平静下来。——父母、哥哥、O，还有一个朋友那时都拿我没有办法。并且一直到现在在家里都不在我面前说那个女孩的名字。我曾经尝试把那名字用极其简略的字写在纸片的边角，而且在擦掉以后无法忍受地将它撕得稀碎。——但是 O 用来调侃我的纸上的确写满了 Waste 这个单词。

"为什么这么说？大错特错！"我说罢，向他解释了其中的究竟。

前一天晚上我依然因忧郁而备受煎熬。雨淅淅沥沥地下着。那首曲子还在流淌着。我丝毫没有读书的欲望，就一个劲儿地乱写乱画。是因为 Waste 这个词好写的缘故吧——不是有那种信手涂鸦的字吗——Waste 就是那其中之一。我胡乱地写了很多遍。那时我的耳中传来了一阵像织机一样有固定节奏的声音。那是因为手的节奏是固定的，必然是可以听出来的。只要听到什么声音我就会竖起耳朵来。在想到那是一个可爱的节奏之前，我的心情可以说是紧张；要说是喜悦的话未免太轻了，总之一个小时之前的倦怠已经消失。我听到了那像衣服摩擦的声音，又像是小人国的火车一样可爱的旋律。如果产生了厌倦，就会产生想要把那声音用语言模拟出来的欲望。例如把杜鹃鸟的啼鸣比拟成"去天边了吗[1]"。——但是我终究没有找到合适的，那是因为我被先入之见影响，认为"sa[2]"行

---

[1]杜鹃鸟的叫声，有人听成"トッキョ　キョキャ　キョク（即东京特许局）"，有人听成"テッペン　カケタカ（去天边了吗）"，说到底都是一种拟声。
[2]五十音图中的"sa、shi、su、se、so"一行音。

的音较多的缘故。但是我听到了一个断断续续的小音节，这次音节所暗示的不是东京话，也不是其他方言，而是我老家且我的家族所特有的一种语调。——大概是我拼命努力的缘故吧。正是这种心灵的纯粹让我最终想起了我的家乡。离我的心越来越远的我的故乡在这样一个意想不到的深夜里与我促膝而坐。我不知什么是真什么是假，我有些亢奋。

这是否意味着在艺术上的真实，尤其是在诗中的真实？我对O说道。O面带温柔的微笑听我说道。

我削尖了铅笔，让O也听见那声音。O眯细了眼睛说："听得见，听得见。"然后他也试了试，变换着笔法和纸张，听起来很有趣，他说道。当手指的力度变小时，声音就会发生幻化。他笑称那就是"变声"。他问我像家里人谁的声音时，我说像幺弟的声音。想象着弟弟的变声期，我有时觉得那很残酷。下面的对话也是那天与O的对话，我写在下面。

O说前一周的星期天带着亲戚的孩子去了鹤见的花月园。他兴致勃勃地描述着那里的景色。花月园位于京都，是一个宛若天堂的地方。他们在那里度过了快乐的时光，他说其中最有趣的是一个巨大的滑梯。他强烈地向我描述了从上面滑下的乐趣。听他那么说好像真的很有意思。因为他的身体里还残留着那份愉快。终于我说到"我也想去看看啊"。虽然听起来这句话有点奇怪，但是这个"啊"是为了附和O的那句"滑梯好好玩哦"。这样的附和是来自O的人格魅力。O是一个不会撒谎的真实的男人，他说的话我也会完全相信。这对于我这个不太诚实的人来说是值得高兴的一件事。

然后话题一转，说起了游乐场的驴子。他说那驴子载着孩子绕着栅栏走一圈，它非常熟练，只要孩子一骑上去，它就会自己去转一圈回来。我觉得那动物真是可爱得很。

O说，其中却有一头驴子在途中停了下来，他亲眼所见。那驴子停下后竟然开始就地小便。骑在上面的孩子——据说还是个女孩——害羞得脸越来越红，甚至快要哭出来。——我们两个大笑起来。那光景清晰地映在我的眼前。那头憨傻的驴子充满稚气的粗俗动作，还有那粗俗动作的牺牲品女孩的窘态——真是太可爱了。我笑着笑着，突然笑不出来了。我从那引人发笑的不和谐的情景中感受到了女孩的心情——竟然做这种丑态，我真是害羞。

我笑不出来了。前一个晚上的睡眠不足导致我的情绪很容易被影响，因物而悲喜——我感觉到了这一点。然后不快消失了一会儿。要是告诉O就好了。可是我刚想说出口的时候又被那可爱的滑稽样引得再度大笑起来。最终我竟没有说出口。我很羡慕O总是能保持健康和谐的情绪。

三

我的房间很不错。要说有什么不足，那就是墙皮略薄，房间里容易潮湿。一扇窗户离树木和山崖很近，另一扇窗户隔着奥狸穴①之类的洼地可以眺望饭仓电车轨道。视野里有德川家旧宅的老米

---

①饭仓的狸穴是指如今的东京麻布地区。奥狸穴一词只出现于本文中。

槠。这棵树不知历经了多少年，一眼望去是最大最美丽的景色。梅雨期到来后米槠的叶子究竟会不会变红呢？起初我怀疑它是由于反射火烧云的光线的缘故，才呈现出了那样红的色彩。然而雨天也是同样的。不管什么时候都一样。果然还是书本身呈现出来的颜色。日后，我想起了古人的一句俳句"梅雨落剩呀，金色堂[1]"。然后我造了一个新词"米槠红"替代了这句中的"金色堂"，甚是得意。句中不是"落剩"而是"落剩呀"[2]，也让我眼前一亮。

面朝石崖一侧的窗户附近几乎触手可及的地方有一棵金玉兰，据说是厚朴的一种。金玉兰在五月梅雨天的夜晚不能不说十分应景，但是无论如何我都不能忍受梅雨季节。雨不断地下，我的房间里充满了潮气。窗框也都湿乎乎的，我看到那情景就会完全陷入忧郁之中。不由得来气。天空也沉重地垂下。

"嘀，破船底。"

一天，我这样侮辱我的房间。然后这种方法我觉得有趣，心情也随之变了。有时母亲在我耳边唠唠叨叨地抱怨。有时抱怨着说了一句了不得的话就大笑起来。我也是同样的心情。我幻想着在破船底铺上榻榻米然后游览大海的自己。实际上只有在这种时候，令人阴郁的梅雨才增添了几分乐趣。

---

[1] "五月雨の降り残してや光堂"，这是松尾芭蕉在《奥之细道》中的一句。光堂指位于岩手县平泉的中尊寺金色堂。这句话的意思是，周围的建筑在风雨中颓败，唯有那金色堂如往昔一样金碧辉煌，仿佛被五月的梅雨落下。

[2] "落剩呀"这一句表示了感叹，而非单纯的描述，表现在日语中仅仅是词尾"たる"与"や"的区别。

四

一个雨后的下午。我出发前往位于赤坂的 A 的家。在京都时我们的聚会——你也来过一次吧——你若记得，就是那时的 A。

继我们之后，那次聚会的三位操办者都于今年四月毕业了。因为事先已经说好，他们三人与已经来东京的五个人将一起再次相聚于东京，并且商量好要明年一月发行同人杂志，每个月每人都要筹措费用和稿件。我去 A 家就是为了把自己筹措的那部分准备金送过去。

最近 A 和家里发生了一些纠纷，因为结婚问题。若 A 选择了自己想走的路，就要抛弃父母。至少对他的父母来说是这样的。A 就这个问题征求我这个朋友的意见。我甚至想要给他浇一盆凉水，至少努力避免成为那个煽动他的人。我考虑的是，事情越是闹得不可收拾，我越要这样做。——然而他逐渐证明了自己不是那种被别人的态度所左右的人。平时他的性格总是稀里糊涂、不苟言笑的，没想到这种时候他倒是意志很坚定，事到如今我才明白这一点。而且他会因为这次试炼越发坚定不移吧。我认为那很好。

我刚到 A 家，偶然到东京来的朋友们也在。当时他们正在就 A 的问题讨论 A 和家里之间调停者的信件。A 把他们留在家里，自己出去买东西了。那天我的心情也仿佛被堵住了一样。听他们讨论的过程中，我独自陷入了沉默。然后不知他们在说什么，我听到了一句"既然我们理解 A 的心情，为什么不帮助他呢？"语气强硬，肯定是针对调停者的。

不知为何，我的心是麻木的。知与行统一的生活态度紧紧压迫着我。不仅如此，我在内心是暗暗赞同调停者的。确切地说，我认为自己"理解他的心情"。我必须反省一点，理解双方就相当于都不理解。当自己依赖的事物崩塌，会产生一种难以言说的厌恶情绪。我认为就连 A 的父母也会对我不以为然的。我一边倒的心情和本能的抵抗发生了争执。最后终于在快要离开 A 家的时候尘埃落定。待 A 出门办事回来后，大家话题一转，专心讨论起来年的计划来。反复讨论携带 R 的杂志名称时的喜悦和名称确立之前的种种心思，大家说着笑着。我感兴趣的是，因这名称而终于得以表达出的我们的精神又被这名称鼓舞和调整。

我们在 A 家吃了从 A 的老家送来的食物作为晚餐。回到家后，离窗边很近的栎树花的香味浓烈地弥漫在整个屋子里。我本来对菩提树的名字和实物对不上号，是 A 在窗边教会我的。我还告诉大家饭仓路上的一棵树名叫七叶树。几天前 R 和 A 我们三人一起看到，说那花叫作 marronnier①。我是在一棵树的写着"请爱护行道树"的吊牌上看到它的名字的。

在我们说到准备金的时候，我才知道其中一个人完全是靠自己工作赚取了这笔钱的。他说因为不想从父母给的钱当中出。——我到那时才意识自己在和靠谱的伙伴一起共同创业。我的心情变得非常平静，所以并没有因为这位朋友的行为而过度责备自己。

过了一会儿，我们离开了 A 家。外面刚下过一阵雨，神清气爽。我和一位朋友走在夜幕初降的街上，经灵南坂而归。他决定绕道

①七叶树花的法语名称。

215

我家借几本书回去，并说要顺便去看看七叶树花。只有他没有看过。

　　路上，我大声唱一首高难度的歌给那位朋友听。我只在心情愉悦的时候才会这样做。当走到我善坊的时候我们遇见了一件有趣的事。一个捉了萤火虫的男人突然把捧着萤火虫的双手伸到我们的脸前，打开一点缝隙，问道："这是萤火虫吗？"萤火虫在他的手掌中发着美丽的光。"我在那边捉到的。"我们没有问，他却向我们解释。我和朋友面面相觑，相视一笑。待他走远后，我们一齐大笑起来。"捉到之后一定非常兴奋吧。"我说。因为我觉得必须要说点什么。

　　饭仓路呈现出一派雨后的美丽。我和朋友一起仰头观赏的七叶树上如同装饰了彩灯一样，繁花锦簇。我回想起了五六年前的自己。我关注大自然的美恰好从那时开始的。树叶透过路灯的光线的背后的颜色，同样存在于那夜吸引我的女孩家附近的小公园里。我到她家附近漫步时一定会在那棵树下的长椅上休息。

　　（我如今确信自己对美的热情和对那女孩的热情是一对同卵双胞胎，年少的我犯下了近乎盗窃和诈欺的罪行，我想向你坦白，今后就不会再为此困扰了。实际上这件事一直在我的脑海里，像乌云一样给我的回忆投下了影子。）

　　那晚行驶在路面的电车在我眼里映出了电车特有的美丽。在雨后的空气中敞开车窗，车厢里的乘客不多不少，他们从我们面前昏暗的路上驶过，仿佛幸福本身被运送而来照亮了前方。车上的女人只是被瞥了一眼，就觉得她是个美人。我们目送了几辆电车。里面还坐着美丽的西洋人。那晚朋友也一定很愉快。

　　"电车里很难盯着乘客看，但是站在路上或者与车辆擦身而过的时候就能长时间地盯着看。"他说。听了他这句漫不经心的话，我想起了前几天没有感觉的景色，现在觉得它很美。

五

这件事发生在打算给你写信的那一天。我久违地拿着毛巾去澡堂洗澡。刚下过雨，围墙根儿噗噗地冒着令人愉悦的香气。

澡堂里我偶尔能看见老人和孙女一起洗澡。那孩子可爱得让人想带她去花月园。那天我靠在浴槽边上看着墙上的喷漆风景画时，产生了一种自己在泡温泉的感觉，于是我笑了。澡堂是温泉水，而且还有电动装置。白天安静的浴槽里有两个年轻人泡在里面。我混在他们中间，温度稍微升高之后那装置就哔哔哔地开始运作了。

"哦，有动力了。"一个年轻人说道。

"那不是动力啦。"另一个人回应他。

我走出浴池，拿着小板凳走到那女孩的方向。我一边擦洗身体，一边偶尔看向她的脸。她长了一张可爱的小脸。老人给自己清洗完毕后开始给她洗。女孩幼小的手上握着一块擦了香皂的手帕，这时被老人拿了过去。老人把脸扭向了对侧，我打算将孩子的目光吸引到我这里，于是定定地望着她。终于她看向了我，我对她微微一笑，可她却没有笑。到了她爷爷给她洗头的时候，尽管她要看我很不容易，还是向上使劲盯着我。最后她发出了呜呜呜的声音，拼命努力上翻着眼睛看我的笑脸。她那声呜呜呜呜简直太可爱了。

"好了！"突然老人毫不知情的手把孩子的头向下摁去。

女孩的脖子这下可舒服了一阵。我一直在等着。这次扮了一副鬼脸，五官越来越扭曲起来。

"爷爷。"女孩终于说话了，而且还看着我，"这个人是谁啊？""是不认识的人。"她爷爷连头都没扭一下，依旧噜噜地给女孩擦洗。

那天难得地在澡堂里泡了很久。从浴池出去后，我感到全身都得到了放松。我在泡澡的时候思考了一个问题，心情也豁然开朗了起来。那个问题是这样的——一个朋友的手腕皮肤上长着不健康的皱纹。在一次掰手腕游戏中我发现并告诉了他。接着他激动地说："我经常会想要去死。"因为他无法接受自己身上有一丁点儿丑陋的地方。那只是单纯的皱纹而已。但我发现那不是暂时的皱纹。总之就是一件特别小的小事。然而那时我自己也感到了一阵没来由的疲惫。我也总是想那些事。确实存在，但想不起来。然后我感到了一阵寂寥。我在澡堂里突然想起的就是这件事。回想起来，再看看自己，发现我确实也有。虽然不记得是几岁的事情了，当时我发现自己长得很丑。另外一次是在家里长了臭虫，我甚至想把整个家都烧掉。还有一次，我试用了一本新的笔记本，但是写坏的时候。我甚至想把笔记本扔掉。我想了这些事，如果有机会我很想告诉他自己小心使用、反复修补的老旧物件的心情告诉他，以引起他的反思。我们两个人还赞赏过一个在裂痕中补了油漆的茶具。

涨红的身体上毛细血管全都凸显了出来。弯曲两臂去触碰两个手腕和肩膀。镜中的自己比现实中的自己更健康。我像刚才那样挤眉弄眼。

Hysterica Passio！^①——我这样说着笑了出来。

一年中我最厌恶的时节就要过去了。回想一下，很多时日我不清楚自己的心情，其中偶尔会有像南葵文库的庭院里直到忍冬花香的时候。晚上在零南坂上闻到小蓬草的香味时，就会意识到夏天已经过去，秋天就要来临。我希望你不要卑微，与值得较量的对手较量，然后再去考虑接下来的协调——我写这封信是想传达给你我的这份心情。

（一九二五年十月）

---

①意为"歇斯底里的激情"。莎士比亚《李尔王》中李尔王在绝望中曾发出这样的呐喊。

译后记

梶井基次郎在日本近现代文学史上是一个特别的存在，他所在的时代兴起许多文学流派，他与很多作家相交甚笃，却不属于其中任何一个流派。他的作品（几乎都是短篇）以幻想的意象、绮丽的色彩、奇异的感官体验见长，描绘了一个诡异又美丽、亦梦亦幻的世界。可谓是"前无古人，后无来者"。作品的文体也十分独特，充满了抽象的、具有丰富修辞的感官化表达，带领我们宏观体验了一个个微观世界。

要理解这一切，须了解他的人生轨迹。

梶井基次郎于1901年2月17日出生在大阪，母亲热心于对他进行古典教育，父亲对待工作兢兢业业，却贪恋酒色，因此让一家人受了不少苦。基次郎六岁时，母亲曾不堪贫困的生活而欲携子跳入堀川自尽。七岁时，他得了急性肾炎，从鬼门关里走了一遭。之后由于父亲的工作调动，他们一家人从大阪搬到了东京。起初他们住在品川的旅馆，不久之后即在芝（即现在的港区）安家置业。《不幸》一篇中"东京高地上的街区"即指此地。不料两年后由于父亲再次调职而举家迁往三重县鸟羽市。1930年发表的《海》一文中描绘的海景就是以这里为背景。

他以优异的成绩从小学毕业后，升入和哥哥同一所的中学，在那里他师从在西洋音乐上颇有造诣的音乐老师，从此奠定了他爱好音乐的基础。他后来于1921年和1925年在京都、东京等地曾兴致勃勃地前去倾听艾尔曼的小提琴演奏和科托尔德钢琴演奏大会，后者一连听了六天，并与日后与这段经历为背景创作了《器乐的幻觉》。他十四岁时，小他九岁的弟弟因患结核性脊髓炎病逝。《冬日》中尧的弟弟也是同样的情况。他十七岁时，因患结核病，一个学期内请了三十三天假。这期间他的读物从少年杂志变成了文学作品，可以说他的文学之途正是从这里扬帆起航的。他阅读了森鸥外的《水沫集》和安徒生的《即兴诗人》，并且对夏目漱石的作品爱不释手，据说他几乎能够背下《漱石全集》。

中学毕业时，他还没有自己的理想，只想和兄长一样考入电气专业。然而他与电气专业终究无缘——他落榜了，却越发沉迷于漱石的作品，甚至在与友人的通信中还署名为"Strey sheep"（源自《三四郎》）、"梶井漱石"。后来他考入京都大学，常常到银阁寺和哲学小路上散步、观看美术展、观看戏剧。十九岁时，因染风寒回大阪家中休养。病中，他下定决心要自我改造。返回京都后，他开始阅读谷崎润一郎、沃尔特·惠特曼和志贺直哉的作品。他对文学艺术的热爱如同熊熊烈火，他甚至在三条大桥上大喊："让我得得肺病吧！否则就写不出好的文学！"

之后他又患了胸膜炎，在大阪老家休养一阵后又辗转到姐姐姐夫所在的三重县北牟娄疗养。在那里，他反省了在素朴的自然生活中自己的"商人根性"，并以这段生活为背景创作了《在有古城的町》。其中的古城就是松阪城迹，姐姐的女儿寿子正是文中胜子的原型。不久后，他又被诊断为肺炎，在父母的劝说下休学，在淡路岛疗养。一个月后，他不顾父母的反对又回到京都复学。他决心将目标从文学回到理科上面，于是远离了他那些有文学艺术理想的友人们。

二十岁的春假，他到纪州汤崎温泉疗养，结识了大他四岁的近藤直人，并对他说，自己认为社会性的功利是低俗的，精神上的享乐是最重要的，他声称自己憧憬"伟大"。处于青春期的他，不仅抱着自我厌恶、对世俗的反叛、忧郁的苦恼，又因为父亲在外面的私生子增添了新的苦恼。

1922年，他写了二十首短歌赠与友人，那时的他就已经在摸索创作中主观性和表现手法的关系，着重于主观性的深刻和表达之美，并且志在写出"诗的交响乐"。他对绘画、音乐和舞台艺术十分着迷，经常在大阪的大丸百货店观看美术展，在京都南座看剧，在丸善书店阅读塞尚、达·芬奇等西洋绘画集。在文学艺术之外，他也倾心于心理学和哲学，并在尼采的影响下写了《永劫回归》。这一年秋天，他酗酒成性，创作了他人眼中的自己和自己眼中的自己分裂的作品《盗裸像的男子》。冬天他考试落榜，决心返回大阪痛改前非，好好生活。他的身体每况愈下，他写给友人的书信中反省自己荒淫无度的行为时，写道："无法到达人类能够抵达的精神之巅中最悲剧的就是短命……希望自己能活得久一些，否则太悲

222

惨了。"

　　来年，他阅读了佐藤春夫的《都市的忧郁》后大受感召，想要探索出一种用"观察欣赏的态度"审视自己"悲惨不安的内心"——这样的表现手法，从此他走上了真正的创作之路。而另一方面，他因成绩不合格而留级，为了表达对母亲的赎罪，他写出了《母亲》《类似矛盾的真实》《奎吉》等作品，并发表在了剧团杂志上。1923 年 7 月，有岛五郎的去世让他产生了许多思考；9 月发生了关东大地震，计划公演的剧目也被迫中止，基次郎又陷入了终日饮酒的怪圈，他在与京都有名的无赖团体"兵队竹"斗殴中受伤……来年，他尝试了将自己忧郁的内心客观化地描写出来，创作了一批草稿，即日后的《濑山的话》和《过去》等。

　　耗时五年，1924 年他才从学校毕业，之后进入东京大学文学部就读。在那里，他深受佐藤春夫《风流论》的影响，赞同佐藤对波德莱尔和松尾芭蕉的评价——自我与自然融为一体的瞬息之美。几个月后，他喜爱的小妹妹因患结核性脑膜炎而死，他的身体也越来越差，常常咯血，精神不安定却很敏感，自我意识过剩带来的焦虑让他逐渐意识到自己应该充分发动感官去探究一种"潜藏的美"。

　　1924 年，基次郎和友人们筹办同人杂志《青空》，他将自己的《濑山的话》中关于柠檬的一段抽出来修改为一个独立的短篇小说发表在 1925 年《青空》创刊号上，那就是他作品中最著名的一篇《柠檬》。之后《青空》上常有他的文章，《青空》第 2 期上刊载了他的《在有古城的町》，然而这两篇发表后并没有引起好的反响，这一经历也被他写入了发表在《青空》第 6 期上的《泥泞》之中。

之后，他相继又发表了《路上》《七叶树花——一封私信》《过去》《雪后》《心中的风景》。到了9月，他因为结核病恶化没有按时提交《山崖上的情感》一文而专程到新潮社向编辑致歉。然而三天后他竟又写出了书信体小说《K的升天》，并且刊载在《青空》第20期上。那段时间他每天睡觉前都要不断暗示"我是天才"来激励自己创作。

1926年，基次郎咯血加重，三好达治劝他到伊豆疗养。他在伊豆拜访了住在汤本馆疗养的川端康成，帮他校对《伊豆的舞女》，也创作了自己的作品《冬日》——用丰富的比喻和悲情的诗话语言表现感官世界，发表后受到了室生犀生的赞誉。1927年6月，芥川龙之介的死讯传来，《青空》也相继停刊，基次郎的咳血和高烧也越来越严重了。直到1928年4月为止，他在伊豆居住了一年多，作品除了《冬日》之外，还有《苍穹》——受到波德莱尔《巴黎的忧郁》影响创作出的虚无主义作品以及《竹筒与水的故事》等。这段时间称为他的"汤岛时代"。

返回东京后，他又相继发表了小说《器乐的幻觉》、《冬天的苍蝇》和《山崖上的情感》，受到了舟桥圣一的好评。9月，他病情加重，甚至到了呼吸不畅的地步，友人们劝他回大阪休养，他以为他日还会返京只带了很少的行李，结果这一别竟是永别。回到大阪后，他痛恨自己在外生活时的奢侈给父母带来了经济上的负担。随着昔日旧友相继入伍参军，他也开始学习新的社会观，阅读马克思的《资本论》和其他社会主义经济学书籍。1930年正月，他因肺炎卧床两周，以致没能参加父亲的一周年忌日。当时社会上主要的文学思潮是无产阶级文学和新感觉派，然而他认为文坛仍然缺乏"深深植根"的东西，他想要描写人们生活真实状态的小说。因母亲患肺炎和肾炎住院，他在医院看护期间构思了《黑暗之画卷》和《悠闲的患者》。5月，《爱抚》发表，受到了川端康成"有品位"的评价。9月，基次郎已经卧床不起，由母亲照顾。病榻上的他认为文学的正道就是将自己的经历表现出来，仍然坚持写作。《海》《交配》《温泉》——被井伏鳟二评价为"神作"。1931年5月15日，在友人三好达治和淀野隆三的多方奔走之下，他的作品集《柠檬》出版，受到了文艺界许多人士的好评。年末他在病重中仍然坚持写完了最后一篇《悠闲的患者》——由母亲校对后，弟弟连夜骑着摩托车送去邮局寄到出版社，并于1932年刊载于《中央公论》的新年号上。2月他又患了心囊炎，3月严重水肿，被医生宣告不治。他合掌说道："我是男儿，死也要死得体面。"当日下午即驾鹤西去。

梶井基次郎在短暂的三十一年生命中仅留下了小说、评论、随笔等共六十余篇作品。本书收录了他全部的已发表小说，以及三篇习作《奎吉》《太郎和街》和《不幸》，还有三篇遗作《海》《温泉》和《黑暗之书》，一共二十六篇。1931年初版由武藏野书院发行时，没有收录《七叶树花——一封私信》和《悠闲的患者》；1939年由创元社发行的单行本在初版的基础上又收录了《悠闲的患者》；1948年养德社版本也只收录了十篇。目前中国大陆发行的版本也大体上以上版本为底本，因此本书大概可以称得上他的"小说全集"吧。

基次郎的作品虽然都是短篇，且篇目少，但是对他的研究却不少。他在日本文坛上的地位独特且不可撼动，具有争议也有共识。

独特是指，他不属于任何文学流派，文风独树一帜，语言表达上面充满了西洋色彩的明亮、抽象的感官描写、戏剧化的情节、哲学性的思考；不可撼动是因为他对后世作家的影响深远流长，不可磨灭；争议主要集中在他的作品体裁，是波德莱尔式的散文诗、短篇小说，还是两者兼具，甚至还有人认为他的作品属于青春文学……然而无论如何，他对夏目漱石的作品和评论、德国观念论、西方心理学，大正时期的阿部次郎、西田几多郎的思想，谷崎润一郎的作品、佐藤春夫的作品和评论、荻原朔太郎的诗和松尾芭蕉的俳谐、波德莱尔的散文诗、社会主义思想和无产阶级文学等大范围地接受是不容辩驳的，此外在他的作品中还可以窥见"大正教养主义"时期的知识青年是如何在哲学热、艺术热中活跃的，以及大正至昭和初年的青年们的思想情况和当时的文化状况。因此，他的作品可以说极具审美价值和研究价值。

纵观梶井基次郎的一生，其实他的创作时间也只有不到十年时间（1922–1931）。1922 年起他开始尝试写作，小说《小小良心》《不幸》和诗歌《柠檬之歌》都是当年的习作。他的第一篇公开发表作品是发表于 1923 年的剧团杂志《真素木》上的《奎吉》。《奎吉》中的主人公兄弟俩可以在基次郎的现实生活中找到原型。

奎吉的弟弟名叫庄之助，是他父亲在外面的小妾所生的孩子。那个女人在庄之助十岁左右就去世了，于是父亲把他带到家里。为了让他早日长大成人，以便能够赡养自己的外祖母，父亲把他当成和奎吉一样的儿子来抚养。然而不管是父亲还是别人都不是完美的，家里并不如他想象的那般和睦。而且不管是父亲还是别人，都有许多机会能够察觉到自己的小气和不足。到最后不幸的就是庄之助。

这段人物角色的设定与现实生活几乎无异。基次郎的父亲贪图酒色，在外面与两个女人分别生下了一儿一女。1911年，基次郎十岁时，异母弟弟顺三的母亲病逝，无奈之下顺三被父亲带回家里和基次郎一家人同住。顺三小学毕业后就开始工作，后来基次郎也提出退学申请和他在一起工作。大概是顾及基次郎的缘故，顺三后来辗转去了长崎。父亲可怜他，又把他带回了家里。两个年纪相差不大的异母兄弟间有一些微妙的情感，这些情感被他写进了《奎吉》中。

他的第一篇发表在文艺杂志上的作品就是《柠檬》，可以称得上是他的代表作。"不可名状的不吉的团块"凝结了他青年时代所有彷徨、忧郁、烦闷的情绪，而拯救他的居然是一颗柠檬。不过那可不是一般的柠檬——它有着"宛如从柠檬黄的水彩中挤出来的固态的单纯色彩，还有仿若纺锤状的形状"，能消解"压在我心里的不祥"，还能让"我"感到"一种极致的幸福感"，它的温度让"我"感到"无比舒畅"，它的气味让"我"的"精气神仿佛都苏醒了"，它还能让"令人窒息的丸善""灰飞烟灭"。基次郎描写柠檬时，从视觉、触觉、嗅觉方面展现了一颗抽象又生动的不平凡的柠檬，并且在最后的爆炸中消解了"不可名状的不吉的团块"。《柠檬》声名大噪，每年的3月24日也作为"柠檬忌"为人们所纪念。甚至本来已经破产倒闭的丸善书店也重新开业，并且专门为了便于人们纪念基次郎设置了一个可以放柠檬的角落。

《柠檬》和《心中的风景》都描写了他的"忧郁和忧郁的消解"；《在有古城的町》中有十分微妙的光感与性意识的描述；《雪后》表现了背负命运、默默承受的伦理；《冬日》中则表明了他对死亡的释然；《樱花树下》则是性和死亡意象的群魔乱舞；晚期作品中，《爱抚》《黑暗之画卷》《交配》中充满了对生命体的天马行空的幻想，《悠闲的患者》中从主人公的心理描写扩大到个人的生活，乃至社会的视野。在短暂的创作生命中，他不断反思文学的本体和意义，用自己独特的"艺术至上"观带给人们以奇异的感官体验和不同寻常的想象世界。

至于本书的翻译策略，考虑到如今是"直译"的时代，而且大部分读者对日本文化中的"异域表达"接受度较高，许多读者看得懂日文，其中不乏日语学习者、日本文学研究者，所以翻译时以"直译"为主。尤其是在文章结构、语序上尽力忠实于原文，没有刻意改变；词语的处理上也以直译为主，但是涉及文化词时，为了流畅的阅读体验不便多作注释，因此在直译和意译之间取了折衷之法。在整个翻译过程中，除了主语有适当加译外（日文中主语省略的情况很多），我们极力避免了加译和漏译。举例来说，譬如这首歌词的翻译：

きょうは青空よい天気
まえの家でも隣でも

水汲む洗う掛ける干す。

在以上所述原则的指导下译出的译文为：

天空蔚蓝，今天是个好天气
前边的人家，还有隔壁人家
都忙着汲水洗涤、悬挂晾晒。

首先，形式上仍然采取三行，每行字数大致相等；读起来有一定的韵律和节奏；只有第三句结尾有句号。其次在内容上，第一句中把偏正结构的"青空"译成了主谓结构的"天空蔚蓝"，并且把一句话隔成两个短句，加了逗号；第二句同样加了逗号；第三句中原文是汲水、洗涤、悬挂、晾晒这四个动词的并列，我们加译了"都忙着"三字，并且把四个动词分成两个步骤——汲水洗涤和悬挂晾晒，并加了顿号。相比之前的翻译版本，这大概是最明显的区别了。每个译本各有千秋，希望诸位读者根据自己的需求选择阅读。

此外，若本书的文本出现谬误，还请诸位多多指教。最后祝阅读愉快！

梶井基次郎年谱

1901 年（明治三十四年）

2 月 17 日，生于大阪市西区土佐堀大街，是梶井家的次子。父亲梶井宗太郎供职于安田运输所，母亲日纱供职于东江幼儿园。其他的家庭成员有姐姐富士、兄长谦一、祖母素江、外祖父秀吉。

9 月 28 日，同父异母的弟弟弟顺三出生。顺三入籍于生母矶村福的娘家纲干氏。

1904 年（明治三十七年）

2–3 岁。安田运输所因日俄战争的特需日益繁荣，宗太郎也因接待工作繁忙越发沉湎酒色。

1906 年（明治三十九年）

4–5 岁。1 月 17 日，弟弟梶井芳雄出生。

1907 年（明治四十年）

5–6 岁。4 月，进入大阪市西区江户堀寻常小学（现为大阪市立花乃井中学）就读。母亲辞去工作，专心于家务。父亲宗太郎的放荡生活使母亲苦不堪言。

基次郎逐渐对母亲唱的和歌、日本古典文学和风琴演奏等产生兴趣。

1908 年（明治四十一年）

6–7 岁。1 月，患急性肾炎而命悬一线。1 月，弟弟梶井勇出生。4 月，升入小学二年级。11 月，因父亲工作调动，一家人移居至东京市芝区二本榎町。

1909 年（明治四十二年）

7–8 岁。1 月，转入位于私立颂荣寻常小学三年级就读。

1910 年（明治四十三年）

8–9 岁。4 月，升入小学四年级。9 月，弟弟梶井良吉出生。

这一年，父亲将矶村福和顺三接到东京养在别处，致使家境日益窘迫。祖母罹患老年性肺结核。

1911 年（明治四十四年）

9–10 岁。4 月，升入小学五年级。5 月，因供职于鸟羽造船厂的父亲工作调动，一家人移居至三重县志摩郡鸟羽町，基次郎转入鸟羽寻常高等小学五年级。

这一年，矶村福因肾病去世，纲干顺三及其养祖母开始和基次郎一家共同生活，并且进入鸟羽寻常高等小学四年级就读。

1913 年（大正二年）

11–12 岁。2 月，外祖父秀吉去世。3 月，以全科皆甲的成绩从鸟羽寻常高等小学毕业，4 月进入三重县立第四中学就读，在兄长曾经的住宿地宇治山田市一志街与精于茶道的杉木普斋同住，还在学校学习乐谱的阅读方法。6 月，祖母因肺结核去世。10 月，在第四中学的短文比赛中凭《秋之曙》一文获三等奖，并刊登在校友会杂志《校友》上。

1914 年（大正三年）

12–13 岁。2 月，一家人移居至大阪市西区靭南大街。3 月，结束中学一年级学习，与兄长一起回到家中。4 月，兄弟两人一同通过了大阪府立北野中学的转学测试，随后转入该校就读。

1915 年（大正四年）

13–14 岁。3 月，以第 60 名的成绩（共 130 人）结束中学二年级的学习。4 月，升入中学三年级。8 月，年仅 9 岁的弟弟芳雄因脊椎结核去世。

1916 年（大正五年）

14–15 岁。3 月，以第 35 名的成绩（共 127 人）结束中学三年的学习，并提出退学申请。6 月，到西道顿堀的岩桥繁男商店做住宿佣工。

这一年，听从父母的建议，提出复学申请。父母将自家的屋子改装为台球馆经营。

1917 年（大正六年）

15–16 岁。2 月，辞工回到家中。4 月复学，进入北野中学四年级学习。8 月，姐姐富士结婚。兄长谦一因患结核性淋巴腺炎一年中多次手术。

1918 年（大正七年）

16–17 岁。3 月，以第 82 名的成绩（共 135 名学生）结束了中学四年级的学习。4 月，升入中学五年级。因结核病卧病在床，一学期有 33 日缺席。养病期间沉迷于从兄长处借来的森鸥外所著的《水沫集》《即兴诗人》。

1919 年（大正八年）

17–18 岁。3 月中旬，以第 51 名的成绩（共 115 人）从大阪府立北野中学毕业；下旬，没有通过之前兄长所毕业的大阪高等工业学校的考试。4 月上旬，为准备第三高等学校的考试努力学习。7 月末，通过了第三高等学校理科甲类考试，后与兄长一起登富士山并在箱根的底仓温泉处住了一晚。9 月入学，被编入理科甲类一年级一班。10 月，住宿于学校宿舍北区第五室，结识了文科的中谷孝雄、饭岛正及其友人浅野晃。11 月，开始逃课，并常在银阁寺一带闲逛。

这一年，开始阅读谷崎润一郎、夏目漱石的作品。

1920 年（大正九年）

18–19 岁。1 月，因感冒高烧在家中休养。2 月上旬回到学校，与饭岛正和浅野晃的友人小山田嘉一相识。4 月，搬出宿舍至上京区净土寺町小山街的赤井方住宿，常在新京极、寺町散步。5 月，被诊断出肋膜炎在家休养。6 月，休学。8 月，转入姐姐姐夫所住的三重县北牟娄郡津村字上里疗养，被诊断为肺尖黏膜炎需要长期休学。11 月，回到京都，住宿在矢野繁上京区冈崎西福川街，后搬回学校宿舍。复学时被编入理科甲类一年级二班，开始记日记。

这一年，开始阅读西田几多郎的哲学书籍。

1921 年（大正十年）

19–20 岁。3 月，因学制改革结束一年级的学习，以 97 名的成绩（共 127 人）通过考试。春假时赴纪州汤崎温泉（现白滨温泉）疗养，结识了年长四岁、因结核休学疗养的京都帝国大学（现为东京大学）医学部学生近藤直人。4 月，回到大阪的家中，随后升入理甲二年级一班，住在家中乘坐火车上下学，结识了辩论部的大宅壮一。7 月暑假期间，与矢野繁坐船赴伊豆大岛进行了一周的旅行。9 月，结识了中谷孝雄的戏剧研究会成员津守万夫；下旬，父亲突然从安田铁工所离职，家里用离职金增添了两间台球馆。

上学期间，被同志社女子专门学校（现为同志社大学）英文专业的一位女学生抛弃，将此经历写成短篇小说《虚幻的处女座》。

这一年，开始阅读白桦派作家武者小路实笃、有岛武郎、志贺直哉的作品。

1922 年（大正十一年）

20–21 岁。3 月，与中古孝雄一起赴和歌山旅行，中旬参加了补考并以第 102 名（共 126 人）的成绩获得特别通过。4 月，升入理科甲类三年级三班。5 月，受中谷孝雄的劝说加入戏剧研究会，结识了同样被劝入社的外村茂和北神正。7 月，基次郎乘船去琵琶湖旅行。8 月，去和歌山拜访近藤直人，在山崖上跳水时不慎伤了鼻子。10 月至 11 月，经中谷孝雄的恋人平林英子的介绍，赴冈崎帮忙准备"新村运动"公共集会，与武者小路实笃会面。12 月，反省之前的放荡生活，归家谨慎生活。兄长谦一结婚。

这一年，开始阅读佐藤春夫、岛崎藤村、陀思妥耶夫斯基和托尔斯泰的作品。

1923 年（大正十二年）

21–22 岁。3 月，放弃考试因此没有通过。4 月，回到北白川的宿地，再次就读于三年级三班。在校内被人称为"三高之主""古狸"等，一时名声大噪。5 月，以"保罗·塞尚（Paul Cézanne）"为笔名在戏剧研究会杂志《真素木》上发表了《奎吉》。7 月，在三高校友会杂志《狱水会杂志》第 84 期发表了《类似矛盾的真实》，并与丸山薰、武田麟太郎相识。8 月，在大阪接受了军队的召集检阅，之后与父亲一起赴别府温泉旅行。9 月，在戏剧研究会组建了"多青座"。出演了爱尔兰剧作家辛格的名作《补锅匠的婚礼》，但由于校长森外三郎的通知而中止了演出。

1924 年（大正十三年）

22-23 岁。1 月，宿于京都市上京区冈崎西福川街。2 月中旬，在毕业考试结束后佯装重病乘坐人力车多次赴教授家中恳请予以毕业。3 月中旬，以 108 名的成绩（共 117 名学生）获得特别通过，顺利从第三高等学校理科甲类毕业，随即赴东京帝国大学办理文学部英文专业的入学手续。4 月，宿于东京市本乡区本乡三丁目的盖平馆分店。

5 月初，出版同人杂志的具体事宜逐渐提上日程，与中谷孝雄、外村茂等召开了第一次同人会。8 月，留在姐姐姐夫家调养身体。同时，家人关闭了所经营的台球馆，移居至大阪府东城郡天王寺村，母亲开办了一家日用品商店。

10 月上旬，将同人杂志的名称定位《青空》，还将平时写成的《濑山的话》的一部分整理成短篇小说《柠檬》。

1925 年（大正十四年）

23-24 岁。1 月，同人杂志《青空》创刊号发行，登载了《柠檬》一文。2 月，《在有古城的町》发表于《青空》第 2 期。3 月，只参加了 5 个科目的期末考试。4 月，戏剧研究会的后辈淀野隆三和浅沼喜实也参加了同人会。通过淀野隆三结识了三好达治，通过小山田嘉一和北川东彦再次会面。7 月，在《青空》第 6 期上发表《泥泞》。8 月，将患有神经痛的父亲送去松山的道后温泉疗养。8 月 17 日，再次接受军队的召集检阅。9月中旬，与近藤直人一起游览了比睿山和琵琶湖，在途中阅读了松尾芭蕉的《奥州小道》。10月，在《青空》第8期上发表《路上》。11月，发表《七叶树花——一封私信》。12月，在大津的公会堂举办了《青空》文艺讲演会，朗读了尚未发表的作品《过去》。

1926年（大正十五、昭和元年）

24-25岁。1月，《过去》在《青空》第11期上发表。2月，《杂记、演讲会及其他》在《青空》第12期上发表。3月，担任《青空》第13期的主编。4月，肋膜炎复发。6月，《雪后》《青空同人印象记（有关忽那、有关饭岛）》等作品发表在《青空》第16期上，三好达治也从第16期开始成为《青空》同人的一员。7月，《以川端康成第四短篇集〈心中〉为主题的变奏曲》发表于《青空》第17期。8月，《心中的风景》发表于《青空》第18期。因盛夏忙于编纂和广告招揽工作，在麻布被医生诊断为"右肺尖有水泡音，左右肺尖均有病灶"。8月，再次接受了军队的召集检阅，并且受邀为《新潮》杂志执笔10月份的新人特辑。9月，因未能如约交稿特意赴新潮社致歉。10月，《K的升天——抑或K的溺亡》发表于《青空》第20期。11月，《〈新潮〉十月新人特辑小说评论》发表于《青空》第21期。11月，咯血越发严重，12月，决定于停止撰写毕业论文并赴伊豆疗养身体，也意在拜访川端康成。在汤本馆逗留期间，川端康成推荐了汤川屋供他休养。

1927 年（昭和二年）

25-26 岁。从 1 月 1 日起长期逗留在汤川屋，常与川端康成进行交流，还帮忙校对《伊豆的舞女》。2 月，《冬日》发表于《青空》第 24 期。4 月，《冬日（续）》发表于《青空》第 26 期。6 月，由于退会者不断，以及经营困难，《青空》杂志在刊发了第 28 期后正式废刊。

10 月，由于肺结核，被医生要求静养直到次年春天。12 月，《〈亚〉的回想》发表于诗歌杂志《亚》的末刊号上。同时，在浅见渊的劝说下参与同人杂志《文艺都市》的编纂工作。

1928 年（昭和三年）

26-27 岁。3 月，《苍穹》发表于《文艺都市》第 2 期，月末因未缴纳学费而被东京帝国大学开除学籍。4 月，《竹筒与水的故事》发表于《近代风景》。5 月，《器乐的幻觉》发表于《近代风景》;《冬蝇》发表于《创作月刊》。7 月，《山崖上的情感》《同人印象记——有关浅见渊君》发表于《文艺都市》，因生活困窘而寄居在中谷孝雄的家中。8 月,《〈战旗〉〈文艺战线〉七月刊创作评论》发表于《文艺都市》。9 月，病情恶化，回到大阪市住吉区阿倍野街的父母家中。12 月，在三高校友会杂志《狱水会杂志》第 100 期纪念刊上发表《有关〈青空〉等》;在诗歌季刊杂志《诗和诗论》上发表《在樱花树下》，《器乐的幻觉》也在该杂志上再次发表。

1929 年（昭和四年）

27-28 岁。1 月，父亲宗太郎去世。10 月，与来到京都的女作家宇野千代会面。11月，出现了呼吸困难的情况。12月，《诗集〈战争〉》发表于《文学》11月刊，后在神户与宇野千代会面。

这一年，开始阅读马克思所著的《资本论》、雷马克所著的《西线无战事》。

1930 年（昭和五年）

28-29 岁。1月，在病床上阅读高尔基所著的《阿尔塔莫诺夫家的事业》、德国经济学家希法亭所著的《金融资本论》以及安田善次郎的传记。3月份，因照看住院的母亲，又出现了发热和呼吸困难的状况。6月，在与北川冬彦和三好达治等人共同创办的同人志《诗·现实》的创刊号上发表《爱抚》。7月，因发热不断回到大阪的家中，医生诊断其为胃炎。9月，《黑暗之画卷》发表于《诗·现实》第2期。12月，《冬日》在《诗·现实》第3期上再度发表。《交配》完稿。

这一年，《拿着琴的乞丐与跳舞的人偶》《海》《药》等作品未完成，只留下了些许片段。

1931 年（昭和六年）

29-30 岁。1月，《交配》在《作品》上发表。由于罹患流感，一直卧病在床。3月，《冬蝇》在《诗·现实》第4期上再度发表。5月，《柠檬》刊发于武藏野书院。6月，患上肾炎。9月，《"亲近"与"拒绝"》在《作品》上发表。12月，《悠闲的患者》完稿。开始重读森鸥外的作品，并执笔创作《云》《薮熊亭》《温泉》等作品。

1931 年（昭和七年）

30–31 岁。1 月，《悠闲的患者》发表于《中央公论》新年刊，执笔创作《温泉》第三稿。3 月，病情日渐恶化，于 24 日凌晨两点逝世。25 日在家中举行了告别仪式，被葬于大阪市南区中寺街 24 号地常国寺，法名泰山院基道信士。

时间宝贵，我们只读好书。

诚邀关注"只读文化工作室"微信公众号

柠檬

［日］梶井基次郎｜著　只读文化工作室｜出品

只读

时间宝贵，我们只读好书。
现代译文馆
放眼人类的文学财富

和风译丛·新书推荐

作者：［日］宫泽贤治
译者：程亮
出版时间：2019 年 3 月
ISBN：9787514376043

日本国民作家宫泽贤治写给生命和心灵的经典童话精粹，以奇妙浪漫的童话世界寄托了作者身处大地、心向银河的意志，以及为全人类的幸福奋斗的精神。

本书为全新升级的精装典藏本，精选一篇日本人人皆知的"不成为诗的诗"《不畏风雨》，以及《银河铁道之夜》《要求多多的餐厅》《风又三郎》等十五篇脍炙人口的童话。

只读

时间宝贵，我们只读好书。
现代译文馆
放眼人类的文学财富

—和风译丛—

只读

时间宝贵，我们只读好书。
现代译文馆
放眼人类的文学财富